那些極境教我的事

增訂版 LESSONS I LEARNED FROM THE POLAR REGION

如是我見，如斯我在，
陳維滄鏡頭下的生命之旅

陳維滄——著．攝影

推薦序／

美到極致就只是一聲歎息

李偉文
醫師、作家、
荒野保護協會榮譽理事長

南北極、沙漠、喜馬拉雅山，這些名詞對現代人而言，是既熟悉卻又陌生的地方。說熟悉，是因為幾乎每天在各種媒體與不同議題中不斷出現，說陌生，是因為很少有人可以親自探訪，甚至我們周邊認識的朋友，也很少有人去過。

這些地方又稱為極境，地球上極端的環境，要嘛冷得無法想像，要嘛又乾又熱，不然就是高到無法呼吸，這些極境，對任何生物而言，都是非常惡劣艱困的環境，可是就是有人，包括維滄兄，常問自己，也是別人常問他的：「明知其艱苦，為何偏向艱苦行？」

的確，一個人要有多大的決心，多深的渴望，才能在六、七十歲的年紀，一次又一次冒著生命危險以及肉體的困頓疲憊接受挑戰？四次到南極，三次到北極，以及難以計數的沙漠與高山之行，這些動力，一定是來自生命裡更深沉的呼喚。

我相信這種熱情絕不是那種「我來，我見，我征服」的炫耀式的遊覽，而是當我們能夠一次又一次把自己逼迫到最極端的絕境下，才能彰顯出生命的深刻與意義，甚至尋得精神上與肉體上的重生與復甦。

維滄兄正是荒野保護協會志工們的典範，毫不藏私的把他畢生的經驗與體會分享給大家，加上他拍的精彩動人的相片，或許我們沒有機會去到這些極境之地，但是看完書，相信你也會如同我一樣，深深地歎一口氣，因為，人們在面對極致的美與感動時，往往也只是一聲歎息。

推薦序／

人生的三種境界

人有三個階段：

起初他崇拜文憑、地位、權勢、財富。

再進一步，他思考自己來此一生的意義？

最後，他找到人生的目的，真正活出自己！於是，他已經從第一階段，進入最後階段。

我剛認識陳先生時，他正處於人的第二階段，但他沒有在此停留太久，

早早進入最後一個階段：融入生命之中活出自己。

他用這本書告訴我們，生命可以這樣活法，

而不只是把生命全部用來換取，我們早就不再需要的東西。

我們只有一輩子，我們只能活一次，命無法重新來過。

生命不是用來換取權勢名位而已。

我們打開門走出去，都清楚知道自己要去哪裡！

每個人更應該思考：這輩子到底是為了什麼？

想清楚之後便知道自己真正要的是什麼？自知該怎麼活？

蔡志忠
知名漫畫家

目錄

North Pole

Tibet

Himalayas

desert

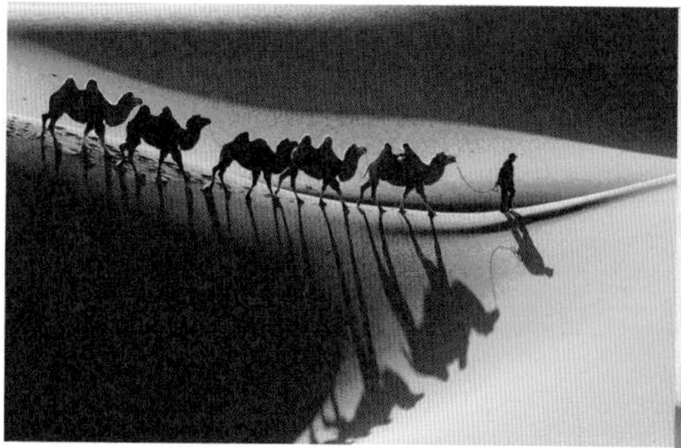

Antarctic

01

喜馬拉雅——天堂與地獄之間

心的力量，超乎想像

疲憊的身心，浸潤在未知的恐懼與絢麗美景的期盼中，
一面追逐著迭宕起伏的景象，一面領略著危機四伏的驚悚，
心靈不斷與身體交涉，任何一個念頭的改變，都牽動著下一步的安危。
這時才深深體會到：心的力量，超乎想像！

想親睹聖母峰之美，只有走向她

回想一九九八年前，在刺骨的寒風和瀅濛的雲霧夾擊下，我們的隊伍氣喘吁吁地在尼泊爾山區掙扎上跋。稀薄的空氣毫不理會心臟的澎湃，我盯著自己沉重的雙腳，龜速慢爬……初登喜馬拉雅山的一幕幕影像，至今仍歷歷在目。

還記得出發前，親友紛紛勸阻，要我打消此行。家人說，搭直昇機穿梭高山峻嶺，太危險了！同事說，年壯的團員都有登山經驗，你有足夠的體力隨團完成行程嗎？甚至好友以激將法說我逞強好勝，從不曾爬過高山，必定無法適應高海拔環境，未免也太自不量力了。

但我的動機太強烈了！一方面想親自看一眼聖母峰（又名珠穆朗瑪峰），一方面想證明自己的體能足以挑戰登山的恐懼感。儘管未曾受到任何鼓勵和祝福，我還是出發了！抱著破釜沉舟的信念，把要交代的事都列好清單一一囑咐，包括資產的明細，以及特別為父母保留的一筆錢。遺囑也早就擬好了，包括最後的心願：

當我病危時，千萬別救我！

當我離開了人間，請捐贈我的軀體給相關單位。當我成為無法治癒的瀕死病患，我要求自然死亡。如果能治癒，但得長期臥床或靠輪椅行動，不能言語，事事仰賴他人，或形同植物人時，我不願苟延殘喘，我要求個人的尊嚴，選擇自然死亡。

我隨時可以奉　主召，欣然面對死亡，但不願忍受劇痛，接受病魔的折磨。因此當我病危期間，除非有可能復原過正常人的生活，否則千萬別送往醫院。我無須點滴、強心劑、升血壓藥物、輸血或洗腎，不做心肺復甦的急救手術，更不必裝呼吸器。前三天除了給水，之後中斷一切食物，給我最大的愛護，是給我止痛劑，打嗎啡或任何鎮靜劑，請讓我自然死亡。

我的生命終止之後，可以辦理軀體捐贈手續，不要舉行任何告別式。如果能將我的骨灰以樹葬、灑葬或海葬等，任何不佔空間、不污染環境的方式處理，更為理想。

這是我在神智清醒，經過深思熟慮，所作的決定。我希望這個願望能得到尊重，並由相關的人員執行。

當我將身後事說清楚，把遺囑鎖進保險櫃中，又將保險櫃密碼告訴內人之後，我就了無牽掛地啟程，參加由攝影家黃丁盛領隊的跋山攝影之旅，作為人生壯遊的第一步。期待能藉由這趟健行攝影之旅，沿途捕捉美的瞬間，在攝影中觀察，在觀察中學習與領悟。

聖母峰震撼人心的美，越過萬丈深谷的險，以及在高山症發作下攀登陡坡時最刻骨銘心，令人永難忘懷。這趟旅程，是我旅遊攝影的起點，是往後探險南北極與沙漠極境的開端，也是我探索生命之旅的啟程。

挑戰恐懼，
把危險當作人生的學習

天氣晴朗的早晨，俄羅斯直昇機滿載十九位隊友的期待與興奮，從尼泊爾首都加德滿都出發，直飛魯克拉（Lukla）——失事率排行全世界第六的機場。四十分鐘的飛行，節省了一星期的健行時間。

這一趟跋山攝影的健行路線，位於尼泊爾境內，喜馬拉雅山南坡的薩珈瑪塔國家公園（Sagarmatha National Park），搭直昇機抵達起點魯克拉（海拔二千八百三十五公尺），往聖母峰基地營（Everest Base Camp，簡稱EBC，海拔五千三百六十公尺）來回總長一百公里，全程走完需費時十二到十五天，海拔高度約從二千五百公尺攀升至五千五百公尺，無盡的冰川與雪山，是此路線最大的特色。

由於世界十大高峰中，有八座位於尼泊爾境內。半世紀前開始，各國專業登山隊相繼征服世界高峰，自此，尼泊爾健行事業發達，步道散佈各山區，每隔一到三小時即有客棧供應食宿，遊客可在此雇請嚮導與挑夫輕裝健行。每年十月到翌年五月適合

黃丁盛 攝

健行，尤其十到十一月雨季結束氣溫涼爽最舒適。尼泊爾健行路線多樣化，可選擇當日往返或長達一個月的行程。熱門路線有五條：聖母峰基地營、藍塘山區的藍塘路線（Langtang）、安娜普娜基地營（Annapurna Base Camp，簡稱ABC）、普恩山（Poon Hill）和江森（Jomsom）路線。

破舊的直昇機飛向連綿雪山，機艙裡塞滿了行李、相機和腳架，我們擠在沒有安全帶的小座位上，雙手緊抓著椅子，再用雙腳緊抵座位前的行李，以免滑動。隊員們各個表情凝重，彼此只有眼神的交會，而無絲毫攀談的興致，彷彿絕地任務的執行小組，共同等待著未知的命運。尼泊爾的飛行紀錄惡名昭彰，直昇機忽上忽下地跳動，有時碰上一陣亂流，抖動得非常厲害，好像隨時都有墜落的危機！

我眺望機窗外一座座雪亮的大山，內心混雜著恐懼和興奮。這趟旅行，有太多未知的變數！這架陽春破舊的直昇機，能安全飛過高山峻嶺抵達魯克拉嗎？我的身體能適應高山氣候嗎？我是唯一沒有登山經驗的團員，有足夠的體力走完全程平安歸返嗎？

但是親眼目睹喜馬拉雅山的念頭，一直縈繞我心。勇敢面對危險的情境，是人生不可避免的學習。我固然希望順利安全的人生，但更想要挑戰內心的恐懼。望著窗外雪白的山頭，在心中低語：「喜馬拉雅山，我，終於來了！」

生活越簡單，越靠近自己的心

直昇機降落時，揚起一片塵煙，直到塵沙緩緩落定，隨飛行一起顛簸動盪的心才算踏實下來，暗地裡鬆了一口氣。

有朋自遠方來的喜悅，似乎存在於世界任何角落，才走下飛機，附近的居民就迎上前來，帶著好奇和微笑，想幫我們搬行李。雖然互不相識，但他們純樸的眼神卻為旅人心中注入一絲溫暖。舉目四下陌生的環境，一股即將出征的激昂，莫名湧出。

午後，大家把所有的行李、乾糧、器材清點好，攝影隊十九人連同雪巴挑夫們共四十多人，領著犛牛隊，浩浩蕩蕩出發健行了。

健行「Trekking」這個字源於南非，原意是指帶著家當和牲口長途跋涉，為尋求下

一聽見牛鈴響，就知道該讓路了。犛牛是山區運送貨物的好幫手，既耐寒又擅於行走陡坡，能到達的極限高度是海拔6500公尺。

一個新的居所而遷移。現代的健行則意指攜帶維生必需品，依計畫路線在山中步行，深入山林之美。我們此次的健行，更傾向於後者。此外健行還分為兩個等級，一千到三千五百公尺屬於中海拔健行。此趟健行攝影之旅，屬於三千五百公尺以上的高海拔健行，必須有登高山的體力、經驗和裝備。

響咚咚的牛鈴聲，一路帶領我們盡情拍攝美景，在起起伏伏的路上慢行。高聳山峰、清澈溪流，以及井然有序的梯田為伴，迎面而來的陌生人，親切問候「Namaste」，表達著真誠與友善，是這人間天上的共通語言。一路共穿越了二十幾座橋，時而下切河谷沿河岸行走，時而向上爬升，時而「之」字形陡上……。

因為一路上有雪巴相伴，替我背負行李器材，一對一悉心照顧，讓我有幸重拾大學時代的攝影興趣，並從這趟旅

雪巴是藏族的一支，500年前從西藏東部，遷徙至尼泊爾喜馬拉雅山區，以游牧為生。

途開始，展開了旅遊攝影的生涯。我的雪巴經常提醒我要小心步伐，走在前頭的他，有時甚至主動幫我尋找拍攝景點，架起腳架，等我一走近，便指著遠方說：「Good picture！」

每當遠遠看見藏傳佛教的五色風馬旗，在風中飄揚，便知道前方有小村落出現，入村的路旁堆著刻有經文的瑪尼石，我學著當地人的習俗信仰，繞著這些瑪尼石轉圈祈福。小村裡零星分佈的小屋，色彩明亮，多半是提供食宿的小客棧。走累了，就往小屋裡坐坐，喝杯暖暖的奶茶，看著太陽下閃著光芒的雪山，小憩一番。一路上的客棧聚落，都可作為旅人食宿的休憩站。

高山缺水是普遍的現象，而這裡水的價格比汽油還貴，資源短缺可見一斑。沿路我們甚至於看到三歲小孩子，賣力提水桶的景象，令人看了有些心疼。但孩子們天真無邪、純樸友善的眼神，讓人見了心生歡喜。當地人的居住品質，可以用「家徒四壁」來形容，但從他們嘴邊展現的笑容，不難感受到他們心靈的富足。

洗澡在當地是一項奢侈的享受，隊員若想要洗澡，只能買一桶水，將就著洗洗，即便這樣，費用也比房租高出一倍。在山上的八天，我們只洗過一次澡。客棧裡甚至沒有電，隨團廚師只點盞蠟燭，為了省水也不洗菜，直接切一切就下鍋。

就著昏黃燈光，我們這群台灣登山客、雪巴以及各國的背包客共處小屋，享用烤餅及沾料的尼泊爾式晚餐。有人睏了，就躺在一張簡單的小床上，呼吸著冰冷而潔淨的空氣，沉沉地進入夢鄉。雖然屋窄人稠，眾人擠作一堆，但初探祕境的心情是愉悅的，靈魂是釋放的。我不自覺地哼起記憶中的歌曲來：「記得當時年紀小，我愛談天你愛笑。有一回並肩坐在桃樹下，風在林梢鳥在叫。我們不知怎樣睏覺了，夢裡花兒落多少。」這是盧前作詞，黃自作曲的《本事》，曾經沉澱在我年幼的心靈深處，卻在此時此刻浮現嘴邊，真是令人不可思議！可見環境極單純、物質極簡樸的生活，讓人更接近大自然的美好，也更向自己的心靠近。

黄丁盛 攝

黄丁盛 攝

眼睛上天堂，身體下地獄

在山中健行的八天裡，平均一天步行六、七個小時。其中，第三天從海拔二千六百五十二公尺的法克定（Phakding）往三千四百四十六公尺的南奇村（Namche Bazaar）最為艱苦，大家決定這天拚八小時的路程趕往目的地。南奇村是通往聖母峰最大的村莊，為了適應高海拔，許多登山者把此地作為休息整頓的地方。

下切溪谷沿河岸行走石坡間，巍峨險峻的群山環抱，壯美之至。由於已進入海拔三千多公尺，空氣稀薄，爬起山來更是喘吁吁。緊接著，沿途盡是「之」字蜿蜒的陡坡，山中巨大的古木參天，更顯得坡陡難行。有時，跨越連接兩座大山的小索橋，向下看，腳下百公尺深的急流奔騰，溪谷深處巨石累累，場面壯觀極了。疲軟的雙腳踩在搖搖晃晃的小橋上，感覺簡直像是在「飛」。

眼睛所見如天堂的美景，我的心欲展翅飛翔，「之」字形陡斜的山路，在二公里內海拔陡增六百四十公尺，這段路像黑暗的地獄一般，我費勁地喘氣，稀薄的氧氣似乎永遠也吸不夠，而雙腿像綁了沙袋，舉步困難。我已沒有選擇的餘地，不得不放棄拍攝，把相機、水壺都丟給了雪巴挑夫，整整十二天還拍不到三捲底片，全身心都被艱困的步履佔據，當初壯志凌雲的氣魄，以及挑戰體能極限、攝盡山巔美景的夢想，都拋到了九霄雲外，連僅次於生命的飲水都顧不得了。眼前只有一件事，就是奮力跨出每一小步。

一路上，領隊黃丁盛或雪巴總是鼓勵：「快了，再十分鐘就到了。再十分鐘。」每個十分鐘，都依然

是走不完的山路。苦撐著無法掌控的身體，我，一個都市人在此多麼無助呀！但我仍不肯放棄，一心謹記著此行的目地——親眼目睹世界之巔「聖母峰」。

隨著天色漸暗，雲霧迷濛，太陽被山遮住了。前一分鐘陽光絢麗溫暖的山巒，已全被烏壓壓的黑影籠罩，氣溫從攝氏二十度驟降到五度。身陷險峻的高山中，寒風冰冷刺骨，我努力的跨出一步步，和無止盡的溼滑冰雪搏鬥。心裡

傳說中的雪巴人像犛牛般耐力超人，個頭小的也能背負五、六十公斤，步履穩健踏實。

意識到：如果中途下大雨，或天黑前未到達目的地，後果將會如何呢？

轉個彎，拐過了陰暗的山谷，眼前雲霧逐漸散去，愛作弄人的太陽有如燈光大師般，結束了捉迷藏的這一幕，從雲端灑下一道道金燦的光束，南奇村赫然呈現在眼前！花了整整八個小時的跋涉，才看見雪巴人的村莊，抵達了通往聖母峰最後的大村落，真是柳暗花明又一村。小客棧裡的溫暖和友情，使我的心暫時安頓下來，熱呼呼的奶茶直暖心底。

夜宿南奇村的這天晚上，兩位年輕隊友出現高山症，一位是大乘佛教信徒陳福祺，另一位是密宗道場負責人孫金祥。儘管他們已有登山經驗仍難逃磨難，只見他倆臉色慘白，頭痛難忍，即使用力以手按頭，依然眉頭緊鎖，呼吸極其困難，氣喘急促。他們強忍疲倦盤腿打坐，口中念念有詞像是在念咒語。

即使打坐、吃藥，兩位隊友也未見起色。我一方面看他們痛苦至極卻愛莫能助，另一方面也慶幸六十歲的自己沒有出現症狀，提醒自己要更謹慎些，不要心情亢奮或做太大的動作，一舉一動盡量緩慢，並小心保暖，千萬別出狀況拖累了大家

瀕死體驗，乃遇險時大腦的特殊反應

隔日清晨一掃陰霾，寶藍的天空下，村裡的孩子們開心地在雪地上嬉戲，攝氏零下五度的寒霧中，露珠映射著朝陽，在嫩草尖閃閃發亮，置身在幽谷中與塵世隔絕，這一刻充滿希望的寧靜，是多麼地幸福。

在領隊的鼓勵之下，大家繼續往天坡崎前行。海拔已達到四千公尺，天坡崎仍然「遠在天邊」，健行越來越艱難，每向前踏出一步都需要極大的體力和毅力。部分隊員萌生了退意，想放棄天坡崎的念頭越來越強。但雪巴領隊竭盡全力鼓勵我們：「無論如何，大家再往前走！」

在經歷了一整天的疲憊與不適後，傍晚，我們終於落坐民宿得以歇腳。基於相同的目的和經歷，讓我和同宿的德國人相談甚歡。相較於前一天兩位隊友高山症發作，安然無恙的我多少有點沾沾自喜。在過度的亢奮忘情之下，竟然接受德國人的邀請，喝了一小

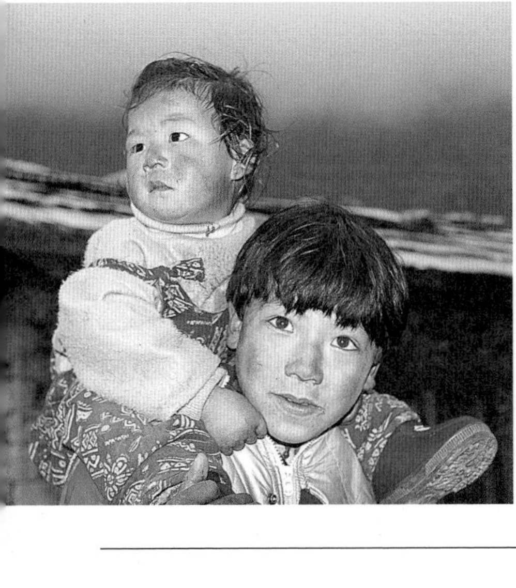

儘管家徒四壁生活艱困，但孩子天真無邪的眼睛裡，流露著如天使般的光芒。

杯酒。沒想到這個小小的動作，讓我整晚因缺氧而頭痛，脖子像是被緊緊地束著，無法呼吸到一丁點稀薄的氧氣，身體極度虛弱疲累，心臟卻狂怒似的蹦蹦蹦跳個不停。我孤守著每分鐘一百二十八下的心跳，誰知今晚是否將一命嗚呼，魂斷喜馬拉雅山？

心臟狂跳不止，頭痛欲裂，氣息急促不勻，因為一杯酒，使我大意失了荊州。我輾轉反側，突然想到或許打坐可以讓心跳緩慢下來。多年前，曾在農禪寺跟聖嚴法師學佛參禪，也曾在不同道場拜師學藝，學過數息法、觀月輪、超覺靜坐等打坐方法，我掙扎爬起身，還是用早期學的超覺靜坐方法，安靜地盤腿打坐，克服強烈不適。

這是我此生最接近死亡關卡的時刻，親身體驗了所謂的瀕死經驗。明尼蘇達睡眠紊亂研究中心主任馬克．馬霍沃爾德表示：「很多人認為瀕死經驗，是一種宗教

我們登山客背十幾公斤的相機尚需挑夫幫忙，而孩子身上背三十多公斤的薪柴，走起路來卻步履穩健而氣不喘。

或者超自然現象，實際上可以用科學方法來解釋。」他進一步說明：當人類遇險心臟停止跳動時，大腦會分泌出大量的神經傳遞素，並釋放出無數影像和感覺資訊。

這些資訊本來都存在大腦的記憶庫中，因此有瀕死體驗的人，看到的大都是他們經歷過的場景，一般通稱為倒帶現象。至於很多人都會見到白光，以及通過一段黑暗隧道，則是大腦後部和兩側，在遇險時的一種特殊反應。當時我的腦海中似乎也正起著相同的作用……。

先是出現幼稚園時，美國飛機轟炸東京，我跟隨父母搭船來到台灣。

接著是小學時候捉泥鰍、打彈珠的畫面。初中聽了商大榮老師的一席話，放棄了文學家的夢想。高中是我最痛苦的三年，家人希望我學醫，偏偏我的物理、數學、英文都不及格，父親專程到學校拜託英文老師，承認自己教子不嚴之過，為我爭取到補考的機會。東海大學的教育對我改變很大，校內的勞作教育、榮譽制度及工作營，為我落實了勞動神聖的觀念。而牟宗三、徐復觀等幾位大師，更是令我受益頗多的良師。

出了社會之後，為三餐奔波勞碌，常常思維著：此生到底為誰辛苦為誰忙？周聯華牧師的講道，讓我的心靈受到洗滌。南懷瑾老師的《楞嚴經》講座，闡述「破妄顯真」，讓我知道真心與妄心的差別，妄心要逐層的剝離，才能顯現真心。星雲大師、聖嚴大師所弘揚的「人間佛教」，為我樹立了佛教的正見，那是秉承自太虛大師、印順導師一脈相傳的。密宗一向容易遭人誤解，但慈誠羅珠堪布與索達吉堪布的教誨，令我豁然開朗。倡導安祥禪的耕雲導師，更是我修行路上的恩師。輔大的谷寒松神父、香港的韓神父，分別用身教啟發感動了我。這些我人生旅途上的大善知識，如跑馬燈似的輪番出現，莫非是要接引我直奔極樂世界麼？

回想我這一生還算順利，大體上心想事成，雖然沒有雄才大略，但也開創了一片小天地。對父母、對家庭，都盡到了應盡的責任，沒有令他們失望。退休後還有餘力回饋社會、體會為善最樂，整體上沒有任何遺憾，可以心無罣礙了。古來戰士以戰死沙場，馬革裹屍為職志，作為一個以壯遊豐富人生視野的旅者，若能夠葬身喜馬拉雅山，也算是求仁得仁，不枉此生了。這樣一想，心境開闊了許多。因為意念的平靜，神奇地，我的心跳竟漸漸緩和下來！才剛躺下一陣子，腦中猛然冒出一件事：辦公室抽屜裡有兩張成人光碟，是最近廠商從大陸回來帶給我的高清版，還告訴我如果喜歡可以跟他拿，他手上有幾百張……。家人若打開抽屜看到光碟不知作何感想？念頭才剛一升起，心跳立刻再次加快，輾轉難眠。不得已再一次起身打坐，深呼吸。想想我若真的命喪於此，人都已經往生了，一切皆已塵歸塵、土歸土，還在乎別人的眼光和想法作什麼！真是庸人自擾。心想你我生命的意義與價值，又不是建立在少數主觀、偏見者的好惡之上，心跳才又慢慢平靜下來。人的心情，或好或壞，往往就是一念之間，藉由靜坐，我用平靜的心，打敗了高山症的威脅。佛教說「萬法唯心造」，心能生萬法，再度體會：心的力量，可以克服肉體的苦難。

◎命危時刻之插曲

回到台灣後有一次和公司幹部聚餐，我和大家聊起光碟這段趣談。有一位留學英國取得社會學碩士，帶一點叛逆性格的幹部Jesi，以嘲諷的口吻說我：「真是死愛面子，在乎別人看法」。忠厚有餘的弟弟Jonathan說：「老哥愛惜羽毛」。另一位廈門大學畢業的老幹部駱經理說：「老董各方面都追求真善美，但天下沒有完美的，應該把標準放低一點，放鬆一點，煩惱就會少一點。」我的寶貝兒子Vincent一派輕鬆，說：「沒想到老爸這把年紀還會看這樣的片子！」引起哄堂大笑。

五十公尺走一個半小時，用盡力氣只能提起眼皮

隔日清晨，領隊黃丁盛給我一顆藥，當時並不知是戴穆斯（Dimox，可舒解高山反應），以為是什麼仙丹，服用後症狀緩解，不再受高山症之苦。走出屋外，迎著陽光朝露，我們再次起跋，開始了雪巴口中一個又一個疲困而艱難的「十分鐘」之旅。

對我來說，每個十分鐘，都是一段漫長的折磨。虛弱的我像個重病患者，微閉起雙眼，專心地跨出一小步，然後停下來喘息兩小節，緩過氣來再跨出另一小步。我用盡僅有的力氣抬起眼皮，見身後的隊友一一超前，不由得心裡就著急起來，一著急不要緊，氣息喘得更厲害，雪巴好心勸我坐下來休息一下，誰知一坐下就不想起身了，短短五十公尺路，我竟走了一個半小時。從沒想到高山症是如此地折磨難耐，那不尋常的痛楚席捲而來，彷彿經歷了一段垂死前的掙扎。

領隊仍是竭力打氣：「無論如何，大家再往前走，再十分鐘，用爬的也要到！」走過一段枯黃、淒美的秋景，路旁海拔標高寫著四千一百五十公尺，心中浮起「山窮水盡疑無路」的況

黃丁盛攝

味。大約十分鐘後，轉個山頭，迎面吹來一股冰冷的寒氣，眼前的大地竟是一片雪白，凹谷下，凝結著一列冰柱，閃透著晶瑩的光芒，真個是「柳暗花明又一村」。兩個迥然不同的景觀，瞬間在我們的眼前轉換，有如舞台上換布景一般，從秋季的枯澀景象轉入嚴冬的凜冽。高山啊！竟是如此地瞬息萬變！「若非一番寒徹骨，焉得梅花撲鼻香」，我們終於見到了世界最高峰聖母峰（八千八百四十八公尺），第四高峰羅茲峰（八千五百一十六公尺）並列其側，兩座山如姊妹般，披著輕羅白紗似的，一塊兒吹雲吐煙，深幽的峽谷連接著天邊的雲海，美極了！

終於明白為何領隊鼓勵我們用爬的也要到。眼前的聖母峰，在白皚皚的冰原襯托下，更顯其偉大。第一次近距離地與聖母峰相見，真有說不出的感動，我凝望著親愛的聖母峰，站在她的跟前，內心不停地吶喊著「我做到了！我做到了！」我確實將心的能量發揮到極致。

「單單靠技術與能力無法幫你抵達山頂——意志力才是最重要的。意志力無法用金錢購買，也不能靠別人給你，它是發自於你的心底。」1975年第一位攀登聖母峰的女性Junko Tabei如是說。

左一是領隊，另二位是我的雪巴。感恩雪巴人的協助，沒有他們，我將難以上山攝影。（上圖）

終於抵達終點完成夢想，每位隊友都面露勝利的喜悅。作者高舉右手表示「我做到了！」作者右手邊戴墨鏡的是雪巴，照片最左邊的是領隊黃丁盛。（下圖）

儘管我們還可以登得再高一些，儘管聽說再前一些，海拔四千二百公尺左右，有個三百五十年歷史的小廟，景觀更好，可以拍攝聖母峰的雄姿，大家仍然決定把此地作為此行的最終點。我們心願已足！隊員們在此大合照，有志一同「見好就收」。

臺灣布農族伍玉龍，也是歐都納贊助世界七大高峰攀登隊員，他說：「每一次上山，真的可以看到大自然的美，它有內在美，所以上山我覺得應該是修行、修身最好的地方，你可以看到真正的真、善、美。」我對真理的追求始終鍥而不捨，以致走上修行的道路，向自我內心深處發掘，以期找到真實的自我。有人說：「美是透過文字、聲音、影像帶來平和舒暢的心情。」我壯遊歸來的感受就是如此。總之，我相信：追求真理，心存善念，自然就有美麗新境界。

對我來說，登山的「過程」，要比抵達「目標」更具意義。在過程中，我體驗了人生，豐富了閱歷。正如健行登山會的副祕書長黃一元所言，「把爬山當成一件藝術品，每一次登山活動，都是獨一無二的，不可能跟人家一樣。」或許，這趟旅行對年輕人或登山好手而言，不足為道，但對我來說，這段痛苦過程換來的美麗，正是生命中無價的藝術品。

下山又返回南奇村時，看見一架直昇機，一股不尋常的氣氛頓時襲來。雪巴告訴我，有位日本人失足墜崖了！至今我仍時常想起陡崖的畫面，想起那位日本人。那段路上，除了客棧上偶遇德國人外，很少見到其他登山者，只與兩位日本背包客忽前忽後的相遇，我曾向他們寒暄問好，但或許是自行背負行李已經很累，他們態度顯得有些冷漠。我納悶他們為何不找雪巴幫忙呢？據說其中一位日本人，因拍照取景必須後退，身後的大背包讓他失去了重心，不慎跌落山谷，終至丟了性命。

如果，那個失足的人是我呢？不過是個小動作的疏忽，生命如此輕易地就被大山吞噬了。在聖母峰的巍峨之下，在此浩瀚的大山之中，人相對顯得微不足道，無形中領略到了謙卑，誰能預知下一秒鐘的生死呢？

如果沒有危險，登山就失去樂趣

回到台灣整整兩個禮拜，每看見斜坡與樓梯都會心生膽怯，不由得雙腳發軟。但親眼所見的聖母峰，已經深深地印在腦海中。觀想著聖母峰的美，常常讓我心迷神馳。這也約略解開了我的迷惑：登山健行既如此艱辛危險，為何還有那麼多人前仆後繼呢？西元一九五三年，首次登上聖母峰的英國探險隊長約翰．亨特爵士（Sir John Hunt）說：「如果沒有危險，登山就失去樂趣。」大山給了一個機會，考驗我生命與耐力的極限。

若事先知道此行如此艱辛，遠超過自己的負荷，或許我會知難而退，連試都不敢試。但，山卻像謎般地美麗，美得教人忘記危險，義無反顧地朝山巔走去。如果這趟登山之旅是全然的安全，或許就少了它的吸引力。有志者事竟成，挑戰自己的極限，把困難視作生命中的學習，竟是這般吸引人。

台灣首位成功登頂聖母峰的女勇士江秀真，後來完成了攻頂全球七大高峰時說：「我覺得真的非常非常辛苦，非常非常的困難。全世界雖然有很多困難、很多痛苦，但只要你有信心，一定可以突破！」

若問我，還想到尼泊爾登山嗎？我會斬釘截鐵地說：「要！我還想再去！」

自然環保的印度教火葬

我們一行人抵達尼泊爾的當天下午，就直接前往加德滿都近郊的帕斯帕提拿寺。這座寺廟位於巴格馬提河旁，廟前臨河的岸邊，有一水泥築起的平台，就是尼泊爾著名的印度教火葬場。我們在距離平台不到十公尺的地方，目睹了當地人火葬的整個儀式。熊熊的烈火燒灼著屍體，突然間，被火燒斷裂的一截小腿掉落下來，主持火葬儀式者很自然地，彎腰撿起那截小腿，一揚手又丟回火堆中。整個死亡焚燒的過程，加上當地特有的儀式，堪稱是探討生死的野外教學，著著實實給我們上了一堂震撼教育的課程。

尼泊爾的印度教徒認為，將親人的屍體放在河邊的火葬場焚化，將骨灰撒在河內，匯流到恆河的大小支流中，有助於死者靈魂得永生。只見親友把往生之人抬到河邊，環繞遺體幾圈後，行注目禮作為最終告別。而所謂的火葬場，也不過是河壇上簡單用木頭架起的一個木堆。注目禮畢，便將屍體抬放到木堆上，點火焚燒，大約一個半小時後，屍體燒成了灰燼，人生也畫下了句點。相較於中國的土葬，這個沿襲了幾千年的傳統葬禮，既沒有棺材，也沒有骨灰甕，節省許多物資，也不留給後代環境上的負擔，真是十分符合環保的理念。

尼泊爾的火葬儀式，就如同西藏的天葬一般，藉由肉體的瞬間毀壞消失，讓人學習放下對肉體的執著，可以更泰然地面對死亡。

環保與經濟效益相衝突

攀登聖母峰，挑戰人類體能的極限。有人帶頭開創新的局面，登高一呼引領風潮，固然值得稱誦，但眾人一窩蜂地追隨，難免留下無法預估的後遺症。

自從一九五三年紐西蘭人Edmund Hillary及雪巴嚮導Tenzing Norgay成功攀登聖母峰後，至今已有四千人跟著他們腳步登上世界最高頂，但也留下了約五十公噸的垃圾，使聖母峰成為地球上最高的垃圾場。氣候的變遷使得冰雪快速融解，改變了聖母峰的面貌。以前被雪遮蓋的垃圾，因為全球暖化，冰雪融化而顯露出來，有些垃圾甚至是Edmund Hillary那個時代留下來的。雖然陸續有清運行動，一點一滴地將垃圾帶下山，但從來沒有人敢誇口說，真正解決了垃圾和屍體的問題。聖母峰攀登路線根據統計有一百八十九位罹難者，現在大約還有一百二十具遺體留在該區。

全世界超過八千公尺的十四座山峰，有八座在尼泊爾境內，所以登山旅遊成為該國最主要的財源，每年約有五億美金收入。不但增進了就業機會，也照顧了居民的生計。尼泊爾政府更收取了高額的登山許可費用，以及高額的山區清潔保證金。經濟的收益與環境保護，很自然的有著衝突，人類征服高山的慾望，同樣與環保議題產生衝突，形成近代登山史上難解的習題。

聖母峰教我的事

生死皆如夢

我自認為是一個另類的佛教徒，不燒香不拜拜，也沒有正式皈依三寶，但我的人生觀多半受教於佛門的高僧大德，深信因果不昧，相信輪迴。我景仰的人物，除了禪學的耕雲老師，就是周聯華牧師、單國璽樞機主教，以及深入大陸痲瘋村，服侍病患的神父修女們，他們那種無私無我的悲憫之心，以及身體力行的風範，深深的感動著我。他們所展現的親和力，讓我明白何謂眾生平等。此番極境之旅，我想冥冥中也是受到這一股感動的啟發，要把心中的夢想，用身體力行的方式呈現出來。

我對生死的看法，是服膺於莊子的「無始無終」與「人生如夢」。宇宙是亙古的無窮無盡，生命則是輪迴的無始無終，只有大覺者能夠認清這場人生大夢！聖母峰之旅，讓我對生命有了更深一層的體悟。近距離拍攝印度教火葬，震撼了我的心靈。高山症的虛弱體質，讓我體驗了瀕死的幻覺，原來當身體虛弱到某個程度，腦筋會變得格外清楚。雖然以前打坐也有過靈魂出竅的經驗，但身心感受是大不相同的。

同為登山客的一位日本人，只因一個小小的疏忽，竟然魂歸尼泊爾山谷，人生之無常，令人咋舌驚詫！我不由得重新思索：生命的價值何在？人生的意義到

底在哪裡？人稱非洲之父的史懷哲，他有三句話深獲我心：「有工作可做，有對象可愛，有希望可想。」話雖說得簡單，真正落實在生活中，卻是無比豐盈的。

在人跡罕至的祕境，領受大自然的洗禮，空氣是潔淨凜冽的，聖母峰是屹立不動的，不由得人肅然起敬，徹底粉碎了「人定勝天」的神話。一次又一次地感受到自己的渺小，身體的脆弱，與生命的短暫。原來大自然是不能被征服的，該征服的是我們的無知與內在的恐懼。

Antarctic

02

生命渺小可貴，心域無限寬廣

南極——一本接近靈魂的大書

蔚藍的海天與淨白的冰原，是南極的基本色調。
在這樣一個敞亮的冷色調中，卻隱藏著震懾心靈的美景，與波濤洶湧的險境。
眼見此刻古錐而悠哉的企鵝，下一刻即將與暴風雪搏鬥，
此刻平靜無波的海面，下一刻即有龐大的冰山迎面而來。
這瞬息萬變的景象，以及數度身涉險境中，
讓我深刻體會到：生命，是如此的渺小而可貴；心域，是如此的寬廣而無限。

面對死亡，我沒有想像中的豁達從容

浩瀚的冰雪荒野，只有藍與白的純淨色彩中，難得遇上一片綠色草原。喀嚓！透過相機的觀景窗看出去，一對海鳥正在嬉鬧打鬥，吸引我全神投入，忘情地拍攝。待回過神來抬頭四望，草坡與大海之間已經失去了隊友的蹤影。

糟糕，我落單了！遍尋不著來時路，只好趕緊闖越起伏的草原，想要筆直地往破冰船方向移動，殊不知誤闖了海豹的棲息地。就在我拿起相機猛拍的當下，不知不覺中，一對海豹正一步步逼近，齜牙咧嘴地向我怒吼，低沉的吼聲讓我猛然一驚，拿起腳架往後退，想起了探險隊長的交代：這座小島鮮有人登陸，海豹較怕生，帶著幼豹的海豹是會攻擊人的！情急之下，我想放開嗓門大聲嘶吼，一時竟失聲叫不出來。我一面拉長了三腳架嚇阻海豹，一面往後倒退，卻不慎一腳陷入泥漿裡！

隊友喊著前方有2隻海鳥！我架起腳架拍攝牠們嬉鬧打鬥，全神投入忘情拍攝的我，未發覺隊友都已離開，我竟落單了。

我名副其實地「拔腳」狂奔了一段路，見海豹沒再追來，才步履踉蹌地折返爛泥地拔出長筒靴，轉往岸邊的方向。終於遠遠望見登陸點，看見船員人影，總算把心安了下來。

正待鬆一口氣，沒想到兩隻海豹竟又從左右逼近，這次距離比較遠，而且我也比較鎮靜，嗓音也恢復了，於是我拉開嗓門大叫：「HELP! HELP!」驚動了兩位船員，他們邊跑邊敲擊石塊，製造噪音把海豹的注意力引開，我才能跟著他們回到岸邊。雖然時過境遷，偶爾還會在夜裡夢見被海豹一咬一甩，將我撕裂而驚醒……。幾十趟的探險旅行，就屬這次的經驗最為震撼，讓我深深體悟到，面對死亡的當下，自己並不如平常想像中的豁達從容。然而，南極的魅力，始終讓我不顧生死地魂牽夢縈。西元二〇〇二年至今，儘管已經五探南極，仍想一去再去。

第一趟南極之旅，搭乘屬於觀光性質的千人遊輪，由於船上無直昇機，只能靠橡皮艇分批登陸上岸。船上有十五艘橡皮艇，工作人員佔了三艘，遊客分乘十二艘，每艘搭載十二人，由領隊帶領登陸南極半島。因人數實在太多，要花四個小時等待登陸，登上南極半島之後，又只能一路往前走馬看花，因為後面是一批批陸續登陸的人潮，平均在島上只停留一小時。登陸時天候很好，回到遊輪上再遙望先前的登陸點，竟已是濃霧瀰漫，岸邊的浪也變大了，難怪經驗豐富的領隊語帶保留，說有時天候驟變，能否上岸的變數極

大。但，初睹南極的感動，讓我築起再探南極的夢想。第二趟之後，則改乘機動性較高的破冰船，並且有機會搭直昇機登陸，深入企鵝的棲息地，窺見多達數萬隻的帝王企鵝或國王企鵝。

幽靜壯麗的冰漠荒原，一陣陣海鳥的翱翔歡唱，以及企鵝家族的輕聲低語……，純淨自然之美，深深撼動了來自人間的心靈！經常有人問我，為何想一再探訪南極？我感覺南極對於我來說，是一本活生生的地理書，有一種美到心靈深處的體悟。她，開拓了我的人生觀，猶如一本接近靈魂的大書，讓我一而再地想閱讀，以期達到心域無疆的境界。

暴風雪來時，船如在空中飛

欣賞南極的絕美，絕對是需要付出代價的。說來就來的暴風，能輕易地吞噬一艘小船，看似平靜的航程，更隱藏了撞冰山的危機。親友常問我：明知其艱苦，為何卻偏向艱苦行？

探訪南極儘管有一丁點冒險，還稱不上是真正的探險，只要身體好，經濟能力允許，願意承受暈船之苦，每個人都有能力去南極。但必須有一個認知：別希求救援！因為外援實在遙不可及。遇上風暴時，船身晃動厲害，想站起來都無

破冰船駛向巨浪，大浪排山倒海席捲而來，遮住了前方的視野。

法站立，讓人聯想到鐵達尼號電影畫面，萬一不幸船隻遇難，救生衣或救生船實在無濟於事，落水後的酷寒讓人瞬間失溫，根本等不到救難船抵達，生命就結束了。

通常探訪南極有兩條路線，一是從阿根廷出發，直接到南極半島，一是經福克蘭群島到南極。一般觀光客坐的是遊輪，我想真正瞭解南極，所以第二次探訪南極改坐破冰船。我從澳洲啟航，經羅斯海入內陸，行程遠而艱苦，常有暴風雨的襲擊。單看船上的設備就可見一斑，桌椅都用鐵鍊固定住，桌布始終保持濕潤，以防杯盤滑落。

我喜歡在船上，聽著海鳥啾鳴漸近，又翱向遠方。俯瞰大海的深藍色彩，也引我遐思，南極的生物種類不多，而總數有4～6億噸之多的南極磷蝦，正是企鵝的基本食物。

我心裡清楚明白，冒險絕不是魯莽之行，得有充分的準備。對於不可預期的狀況，除了當場應變、隨遇而安，其它就交給老天爺了。在體能的鍛鍊上，我每天快走、游泳以求加強體能，泡三溫暖以適應南極急遽變化的溫差，也練習泡在攝氏九度的冰水中，試著讓身體適應冰水的溫度。

面對陌生的環境，我把自己的身心狀態準備好，也盡可能地吸收知識。我相信做好萬全的準備，才會更有餘力從容地迎接變化，挑戰未知。

從上船開始，每個人都有一個姓名牌，我們每一次上下船，都靠這張姓名牌作辨識和紀錄，萬一有人下而未上，立刻可查出，務必全數而返，一個不能少。

裸身跳水，刺痛，讓心靈重生

在船上，偶爾有機會在海上冰層看見企鵝活動，每每看見企鵝噗通跳水隱沒於冰海，總是很難想像在此冰天雪地裡，像企鵝般裸身跳水是什麼滋味？

第四趟探訪南極時，「跳水」項目原本並不在我預想的行程之中。某日下午，暖陽普照，船上廣播將有跳水活動，引起眾人一陣騷動。我隨口詢問身旁的團員：「要不要去跳水啊？」他是聯安診所總經理李文雄。誰知他出乎意料地，不假思索就應允了。我只好趕緊奔回艙房匆忙換泳褲，一起去「跳海」！

匆忙站上了跳水台，面對一片深藍色的汪洋，我居然能氣定神閒，像跳水選手般優雅地高舉雙手，一鼓作氣，縱身一躍。噗通！攝氏兩度低溫的海面瞬間濺起大片水花。落水後，我再向前游五公尺，感受冰冷海水的純淨清澈，絕非泳池或任何經驗可比。但冰冷並沒有想像的痛楚，那感覺就像數萬支冰針，正要同時從頭到腳刺進每一個細胞，但是還沒有深深刺進來的感受，我就被拉上岸了，昂首一咕嚕，喝下了一杯伏特加，真是冰火交融。

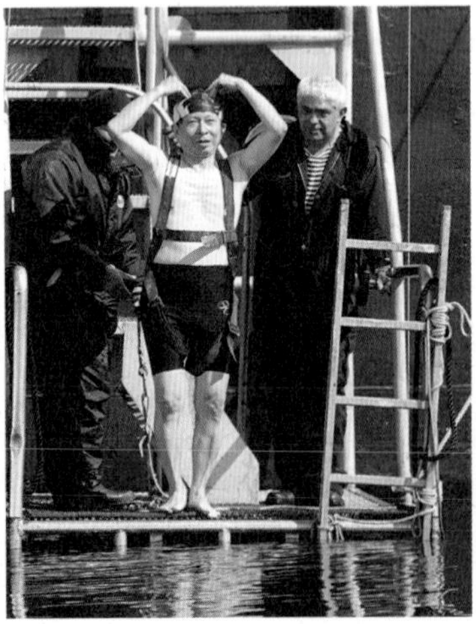

儘管下水的過程不好受，但肉體對痛苦和恐懼的記憶很短，心靈上獲取的經驗，以及挑戰極限的自我超越，卻是畢生難忘。這一次無心插柳，又刷新個人的探險紀錄。還記得第二次去北極正九十度之旅，因顧慮太多反而打消跳水的念頭。

那時候有四位隊員相約跳水，第一位是英商吉時洋行的李總經理，我們暱稱他為李老爹。他是個游泳健將，毫不遲疑以標準的姿勢跳入水中，游了大約六公尺左右，轉身游回來，贏得滿堂彩！第二位是台東的詹醫師，他一滑入水中馬上爬起來，也獲得掌聲鼓勵，但他自認為是狗熊。第三位是烏來日月光溫泉旅館的老闆，也是台灣登百岳的好手林茂英，竟然臨陣脫逃，說他的女兒還沒有出嫁，所以決定不冒險了。我排在他的後面，體力經驗都不如他，他都不敢冒險了，我還能逞什麼強呢？有時候，把恐懼捧在手心又再三咀嚼，便窒礙難行，什麼事也不敢做了。這一次，臨時起意，說做就去做，發現自己骨子裡不服老的因子，仍然茁壯。

四趟南極攝影之旅，讓我深刻體驗旅行的艱苦。值得慶幸的是，每次回來都有新的啟發，唯獨對於參加跳水之事，雖然完成了自我挑戰，但事後回想起來卻心有餘悸。因為據有經驗的人分析，在冰冷的海水中超過兩分鐘，有可能血液凝結，無法流回心臟，造成意外死亡，可見在南極跳水確實是冒險之舉！

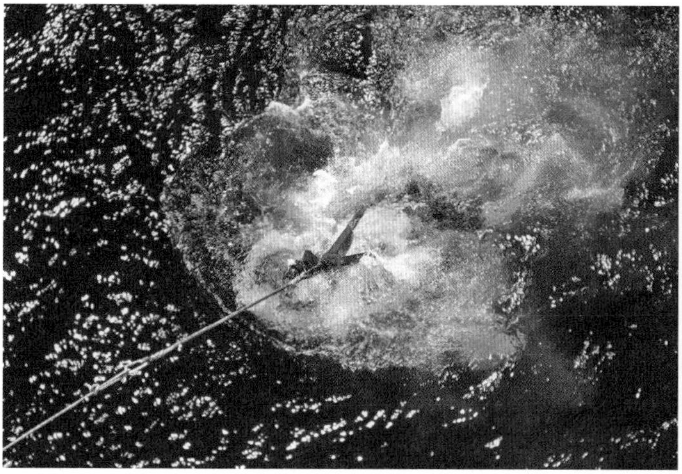

白茫茫大地
真乾淨

還記得初訪南極時，我站在甲板上拍攝風景，跟隨輪船飛行的海鷗群，呀呀地鳴叫著。當輪船渡過Lemaire峽口，我初次看見了天堂般的美景。廣闊的冰棚、聳直的大冰山、漂浮海面的小碎冰……不斷迎面而來，有的如玉石般整齊白皙，有的甚至發出透藍的光，如夢如幻。

有時，船行駛在有如被利刃切剖開的大冰壁河道，眼前碩大的冰面，就像千軍萬馬排山倒海而來，一波波地向身後移動，讓每個人都瞪大了眼睛。當船駛入三百六十度冰景環繞的海域，四周的冰山彷彿分列式隊伍，緩緩與船擦身而過，就像接受眾人的檢閱一般，當時我閉上雙眼，深深地呼吸著冷冽的空氣，幾乎能聽見自己的心怦怦跳，彷彿每個細胞都感受到了那一股清涼舒暢。

乘破冰船駛向冰面，又是另一種震撼。站在船頭，眼前的海水凝結成冰，一片雪白連向天際，近距離親眼看著船頭在行駛間，把冰面撞出「Z」字形的裂縫，一陣喀喀作響聲之後，頓時露出了深藍色的水面。這時我感覺內心的深處，好像也被撞裂了開來。而船身撞開大小浮冰時的震動，就好像冰塊撞在我的身上，我正全身心接受著寒冰的洗禮。

最令人震撼的是搭直昇機登陸時，視野隨直昇機升高，心境也逐漸開展。藍色大海乘載著浮冰，也倒映著朵朵白雲，遠望腳下緩緩移動的破冰船，相對於無窮盡的冰海，只不過是個小小的逗點，不禁心生畏敬，慨嘆人是多麼渺小卑微啊！人，又何足以勝天？回頭一瞥，卻見有人也在拭眼淚。

乘橡皮艇上岸，欣賞冰山倒影琉璃
藍的海水中。陽光穿透水面照亮下
面的冰，讓人窺見無窮盡的廣大。

世界最大的B-15冰山，於2003年破裂為二。眼前這座B-15A冰山長160公里，約與紐約長島一樣大小。電影《明天過後》（The Day After Tomorrow）中冰天雪地的場景，正是在此拍攝。

搭乘直昇機要簽署同意書，表示一切風險自負。
從直昇機上鳥瞰大地，遠望腳下緩緩移動的破冰船，相對於無窮盡的冰海，只不過是個小點，不禁慨嘆人是多麼渺小啊！

我也很陶醉於另一種寧靜的美。乘橡皮艇登陸冰原時，漂浮穿梭冰山間，或登島時在冰與水之間取景，有時，白色山脈、冰山、島嶼連成一片雪白，分不出彼此的界線，一顆心在真與假之中徘徊；有時，冰山映射著陽光閃閃發亮，細膩多變的紋理，展露了風雕的神技；有時，碩大而寧靜的冰山，晶瑩如玉，如鏡面般透亮，就好像能照見自己的內心世界。

這一幕幕的美景，鐫刻心底。經常，我的腦海全被曹雪芹描寫的「白茫茫大地真乾淨」的淒美意境籠罩。閉目養神時，藍天、白雲、大海、冰棚、孤島、企鵝群等壯闊美景，不斷交織盤旋。如果真有天堂，我想，大約就是眼前這般無瑕的美景吧？

船上備有兩台直昇機，每台可搭乘團員
四人。在空中短短的十分鐘倍感珍貴，
俯瞰破冰船前進的畫面，壯觀極了。

搭乘橡皮艇登陸時，沿途觀賞冰山、冰棚和
浮冰，其愉悅之情不輸見到企鵝時的欣喜。

企鵝精靈，身上結冰仍堅持守護下一代

南極的企鵝有十八種，五趟採訪中，我幸運地觀察到六種，小型的種類可愛逗趣，大型的企鵝則頗有王者的優雅氣勢。

每當踏上南極的陸地，我的心就開始沸騰，熱衷於拍攝的我，經常是透過鏡頭欣賞，構圖企鵝的美，觀察牠們孵蛋、餵食、遊戲、爭地盤的景況。鏡頭中，頰帶企鵝（又稱南極企鵝）用牠圓滾笨重的身體，在岩石間跳躍，逗趣得讓人差點忍不住笑翻，這才發現自己的臉都已經凍僵了；白色冰雪的背景中，有時是幾隻阿德利企鵝，像一個個黑色精靈迅速移動。

專心孵蛋的巴布亞企鵝（又稱紳士企鵝），溫文儒雅像沉思的高僧。有時，我奮力地用鏡頭捕捉肥滾滾的帝王企鵝，拍攝牠們一隻接著一隻撲趴倒在雪地，像是一艘又一艘肥厚的船隻，用短短如槳的雙翼在冰上滑行……。一幕幕可愛的畫面，帶領我走進了卡通故事中，心境又重返童真的時代。

企鵝「嘎—嘎—嘎」的叫聲此起彼落，手中相機快門「喀喀」聲也不間斷。距離很近的企鵝一點也不怕人，落落大方的蹣跚移動，或悠閒自得地趴伏或站立。南極公約規定必須與企鵝保持五公尺距離，不可觸摸企鵝，但國王企鵝才不理會公約，好奇地走近觀察，像個警察似的查看相機與腳架。

愛攝影的我們，帶著第三隻眼，極盡所能地搶獵畫面，有時因「抓得住」而狂喜，有時為剎那間的錯失而落寞，渾然不覺自己在企鵝們的眼中，正演出一段搞笑的戲碼，讓牠們欣賞呢！而我，不也是其中之一嗎？

頰帶企鵝 Chinstrap Penguin

企鵝不怕人，對天敵也很沉得住氣，當愛偷蛋或侵食小企鵝的賊鷗靠得太近，足以構成威脅時，企鵝才會啄開牠，著實是「泰山崩於前而色不變」。企鵝也不怕海豹，和海豹一塊在海灘休憩。有一回，國王企鵝甚至好奇地貼近海豹的臉，那畫面真讓人發噱。原來，南極五種海豹中只有斑海豹會吃企鵝，我觀察著企鵝的氣定神閒，思考人類經常對小動物產生莫名的恐懼，或陷於某些事件的恐慌中，我想：唯有靜下心來，充分了解與掌握周遭事物，才不會受無謂的恐懼所干擾。

頰帶企鵝與阿德利企鵝外型相似，唯一不同處是牠的下顎有條黑色細帶。

頰帶企鵝 Chinstrap Penguin

頰帶企鵝的顏色與線條，恰與岩石和雪的背景融為一體。

阿德利企鵝　Adelei Penguin

有一幕最撼動人心的影像，是成千上萬的帝王企鵝或國王企鵝，群聚一處的壯觀場面。欣賞牠們井然有序地行軍時，總讓我為之驚歎，看著看著，身體也不自覺地像企鵝般輕輕左右搖擺。企鵝們或列隊步行，或匍匐滑行，或分列式般向左向右分行，有如閱兵陣列。我想，牠們這些動作，是不是在替未來的應變作預演，為不久將來的暴風雪作準備呢？

望著一列長長的企鵝隊朝遠方走去，一幕幕熟悉的畫面，使我沉浸在影片《企鵝寶貝》中，想像著眼前一片雪白的寧靜，當冬天來臨，陽光將逐漸黯淡而至黑暗永夜，強烈的狂冰暴雪無情肆虐，這群可愛的企鵝，將面臨冰雪與天敵的考驗。

零下幾十度的寒凍中，這些企鵝爸爸們小心翼翼地弓起腳尖，護衛著企鵝蛋裡微弱的心跳。黑暗裡，公企鵝們圍擠在一起取暖，儘管暴風雪在牠們身上結成

白色冰雪的背景中，幾隻阿德利企鵝，像一顆顆黑色精靈迅速移動。

巴布亞企鵝　Gentoo Penguin

冰，儘管肚子餓了三個月，體重也只剩一半，牠們仍然堅守護衛生命的承諾，全然地相互信任，等待春天的陽光，等待遠行覓食的企鵝媽媽歸來。

但，忍受飢寒的苦苦守候，一切是否徒勞？誰知母企鵝是否早已體力不支倒地？或被斑海豹捕食

巴布亞企鵝以小石子和草來築巢，地區不同材料也不同。每次產兩顆卵，約36天可孵化，生活習性與阿德利企鵝、頰帶企鵝類似。

國王企鵝　King Penguin

國王與帝王兩種企鵝，成年後的長相很類似，但在企鵝幼年時，國王企鵝是棕色皮毛，帝王企鵝則是灰色皮毛。

體型第二大的國王企鵝，主要分佈於亞極區和溫帶區。外觀與帝王企鵝相似，但顏色更鮮豔、嘴巴較長，耳斑的色調及形狀也不同。擅長游泳也是衝浪高手。牠們集體繁殖，不築巢，每次只下一個蛋，雌雄企鵝輪流孵蛋52～56天。

了？母企鵝歷經險難歸來，發出了嗚嗚的叫聲，在數萬隻企鵝中尋找伴侶和幼子，誰知公企鵝是否還活著？孩子是否早已凍死、餓死或被賊鷗捕食？企鵝生存在條件這麼惡劣的南極冰荒，生命力卻如此堅強，雌雄企鵝輪流孵蛋、育幼的合作無間，令人肅然起敬。

來到南極，親身感受企鵝飽受著孵育後代之苦、飢餓之苦、覓食之苦、被海豹吞啖之苦、寒冬凍死之苦，真是無一不苦！牠們所希求的也只是生存而已。就拿獅子老虎來說，雖然是凶猛的肉食動物，但牠們吃飽了之後，就懶洋洋地歇息著，不再攻擊弱勢動物。吃剩下的肉渣子，還可讓附近盤旋的兀鷹撿一點便宜。反觀人類貪婪成性，完全不知道節制，想要的永遠比需要的多好幾倍，更不知道珍惜所擁有的，將地球資源過度消耗，留下爛攤子讓子孫收拾。

國王企鵝 King Penguin

跳岩企鵝　Rockhopper Penguin

跳岩企鵝主要分佈南極半島至亞南極群島。頭部兩側有黃色飾羽，主要捕食小魚及磷蝦。牠的脾氣暴躁而凶悍，是最具攻擊性的企鵝。牠往前跳一步可達30公分高，能越過小丘與坑穴，是企鵝中的攀越高手。

國王企鵝　King Penguin

企鵝的身型就像潛水艇一樣，流線型的曲線可以減少水中阻力，非常適合在水中生活，更以「海豚泳」的姿勢著稱。這種泳姿像海豚一樣，潛在水中一段時間，又蹦一聲的跳躍出水面，這樣不僅可以換氣，也不用減緩速度。資料顯示，企鵝可以在水中潛伏18分鐘之久，到達深265公尺的地方。

企鵝與泰迪熊巧相逢

泰迪熊不是某個品牌的名字，而是所有毛絨玩具熊的泛稱。它的誕生，與美國老羅斯福總統有關。一九〇二年秋天，羅斯福在密西西比河附近一帶打獵，却沒有任何收穫，同行人員為了安慰總統，便將一隻小黑熊綁在樹上請總統射殺，但羅斯福一看見小黑熊惹人可憐的模樣，不忍心將牠殺死，還當場發誓再也不獵殺黑熊。

這件事被一位漫畫家刊載在《華盛頓郵報》上，結果總統拒絕獵殺黑熊的事蹟，引發一股熱愛熊熊的風潮，其後玩具商莫里斯以羅斯福總統的小名「Teddy」為名，製作了世界上第一隻填充玩具熊，小熊天真無邪的可愛模樣，深受人們喜愛，從此泰迪熊（Teddy Bear）一炮而紅，成為家喻戶曉的絨毛玩具。

泰迪熊自幼陪伴著英國孩子成長，人們習慣在長途旅行中人手一隻，要在泰迪熊的陪伴下才好入眠，連英國查理王子也不例外。

我在旅行時習慣帶著泰迪熊，經常拿它作為主角，與後方的動物或風景合照。有一回，帝王企鵝竟好奇地跑來啄我的泰迪熊，彷彿見到了外星來客一般。

想不到我帶往南極的泰迪熊，居然成了超級模特兒，船上的隊員紛紛過來搶拍，借拍之不足還來攀交情，有一位老外希望我送他一隻，見他真心喜愛，我答應下船前送給他。

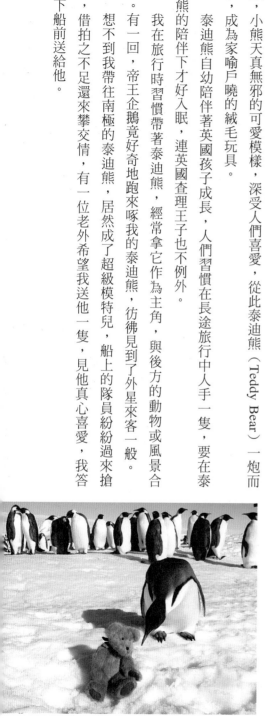

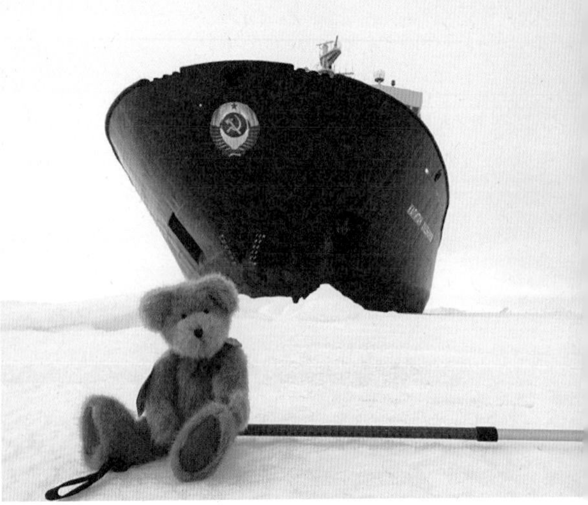

瞬間畫面

可遇不可求

拍攝生態照片，多少依賴一些運氣，例如到韓國拍巴鴨，在印度拍黑頸鶴，事前得知牠們會在某一時間聚集山谷或河邊，但經常令人望穿秋水，只能自認因緣不具，牠們臨時改變主意了。

成群棲息的企鵝不難取鏡，但覓食歸來一躍上岸的企鵝就太難拍了。首先要判斷牠從何處跳上岸，其次鏡頭要轉得快，臨場隨時應變，第三要有足夠的耐性，忍受寒風的吹襲，以及雙腳凍得麻木。這些企鵝躍出水面的照片，是我與隊友胡得榘在甲板上，苦守了八個小時的成果。

攝影取景通常有三個原則，一是選擇了一個好的背景，靜候心目中的主角出現，時間再久也無怨無悔。二是選定了好的主角，一路追蹤到底，追到一個能襯托主角的背景，喀嚓一聲獵取下來。三是眼觀四面耳聽八方，任何會移動的身影，或聲響都有可能帶來驚喜。我們為了拍攝企鵝的瞬間畫面，忍飢挨餓，可說是吃足了苦頭，但在驗收成果時，乍見一兩張成功的作品，感覺一切的辛勞都值得了，那是一種很難描繪的滿足感！

想到前人比我苦百倍，再苦都能受

旅遊南極的旅程說明書，常出現不確定的用語「如果天氣允許、如果登陸條件許可、也許我們有機會上岸……」行程表實際上只是參考用，時速一百八十公里以上的暴風，可是說來就來。大風雪時，眼前只有白茫茫一片，一艘船就像在空中飛翔，什麼都看不見。有時天氣晴朗眼見將要登陸了，卻又一陣狂風挾飛雪，讓人期望落空，只能一再體會世事的無常。

登陸是極難得的機會，視地形狀況，我們搭乘直昇機或橡皮艇上岸，規定都要穿救生衣，以防萬一不小心踩到鬆動的浮冰或掉入冰縫。登陸後，工作人員先上岸探勘地形插上安全旗，我們在紅旗範圍內行走，萬萬不可靠近黑旗，否則可能掉入冰縫、墜落冰海。

為了不驚嚇企鵝，南極公約規定直昇機需在一定距離外降落，我們經常得在雪地中跋涉一個多小時。一片雪白的天與地間，穿著厚重雪衣，行動不便地背負著十幾公斤

的相機鏡頭與腳架，腳上踢拖著一、二公斤的高筒雪靴，小心翼翼地走在溜滑的硬冰面上，或在白色雪地中踩出一個深腳印，每一步不只是舉步維艱，一個重心不穩就會滑倒，或陷入深深的雪堆中，有人因而跌傷了腿。

當強風颳起時更是行走困難，不但會加速身體熱量的流失，狂風所帶來的風寒效應（wind chill），更讓人刺骨難耐，若遇下雪時，雪花不是從天緩緩降落，而是被強勁的風吹得橫向狂掃。

雪白大地的反光，容易曬傷皮膚，甚至造成雪盲，讓人眼睛紅腫視力減退，對攝影也是一大挑戰。因為帶

YAMAHA
YAMAHA
YAMAHA
ORION
CLIPPER

POLLUX

透氣口罩，我的墨鏡經常結霧，就連相機鏡頭也常受凍起霧，平添拍攝時的一些阻力。在低溫環境攝影，電池壽命縮短許多，我得另外在口袋加裝鋰電池電源，以延長線供應電力，有時為拍攝一個突發的畫面，總是弄得手忙腳亂。

登陸固然難得，當可長時間停留岸上，卻也是另一種考驗。有一回從澳洲經過羅斯海，船靠岸兩個整天，加上南極夏天是永晝，我們有四十八小時可以自由活動，盡情欣賞企鵝、冰山等風光。雖有兩三頂帳棚可供休憩，有時進去躺一下，但雪地冰冷難耐，躺著未必會舒服。因此帳棚只是聊備一格，乏人問津。

懷抱著被大自然洗禮的心，我五探南極，慶幸一一過關斬將，五趟旅程中，身體還不曾出現其他團員的種種狀況。我想是因熱愛南極這種強烈的動機，產生了不可思議的力量。為了攝

登陸後，工作人員先上岸探勘地形、插安全旗，我們在紅旗範圍內行走，萬萬不可靠近黑旗，否則可能掉入冰縫墜落冰海。

影，我把自己準備在最佳狀態，充分做好自我保護，讓我勇敢面對南極的惡劣環境，並且能夠奮力地按下快門，捕捉畫面。把自己照顧好了，也才有餘力幫助別人。有一次，在喬治亞島雪地行軍一個半小時，有位團員走不動了想丟掉三腳架，我便自告奮勇地幫他扛了回來。

一路上感受艱苦時，只要想起了探險英雄謝克頓（Shackleton），就不以為苦。當年已有攝影技術，被搶救而留下的舊照片中，波濤洶湧的海浪全化成冰山，現代看來簡陋的船隻「堅忍號」，被南極冰海禁錮了兩年，他們曾花一百三十三天長途跋涉二千七百多公里求生，彈盡援絕之下，只得沿途獵食海豹、企鵝維生。兩相對比起來，衣物保暖、食物與裝備齊全的我們，所承受的苦也就不足稱道了。

謝克頓與屬下同伴之間互助的情誼，和現代旅遊突顯的人性弱點形成對比。有一回登陸雪丘島，回程時有位外國女士跌倒了，當時我們另有三人同行，我與一團員見狀趕緊去把她扶起來，察看傷勢並分擔背包，但另一團員自顧不暇，視若無睹，逕自走回船去。

搭直昇機登陸時，感恩的是有的人見我年紀稍長，把駕駛座旁視野佳的座位讓給我，但也見過有人插隊搶座位。而返回船上前等直昇機時，可能遇上暴風，現場只有一、兩個帳棚可供躲避狂風，當直昇機來時更有人爭先恐後，也正是考驗人性弱點的時刻。這每每讓我想起攀登聖母峰，有人為了救助危急的隊友，放棄自己的榮耀；也有人為了登頂目標，不顧一切獨自往上衝。

我自己則有一次難得的助人體驗。記得有一回吃早餐時，得知一位在電信局服務的女團員謝雲，因前晚登島時在冰原上摔傷，整個腳腫起來，由於船上保健室只有止痛藥，受傷處沒得包紮或穿戴護膝。我不假思索就把所有的止痛、消炎藥與護膝都送給她了，一時忘了自己六年前在美國大峽谷健行膝蓋受傷，一直不良於行，或許還需要這些藥物或護膝。

由於美國大峽谷橫跨四個州，那次健行我們坐的是越野車，車開到定點之後，就放我們下到谷底健行，以便獵取各種不同的鏡頭。可能一時走過了頭，谷底的寒氣又重，回來之後飽受膝傷之苦，最後忍痛打類固醇入肌腱，治了六年還沒治好。所以這次赴美之前，特別到詹宏勳骨科醫院開止痛消炎藥，把護腰、護膝、護踝都準備好，等於全副武裝。

當時得知謝小姐受傷，直覺就把這些裝備全給了她。所幸，第二天她就能走下船了，否則來一趟南極所費不貲，豈不在船上慪死！事後，我的膝蓋竟奇蹟似的不再痛了，或許是服藥六年多來已經接近復原，也或許是一顆助人之心，感動諸天善神而讓我痊癒了！

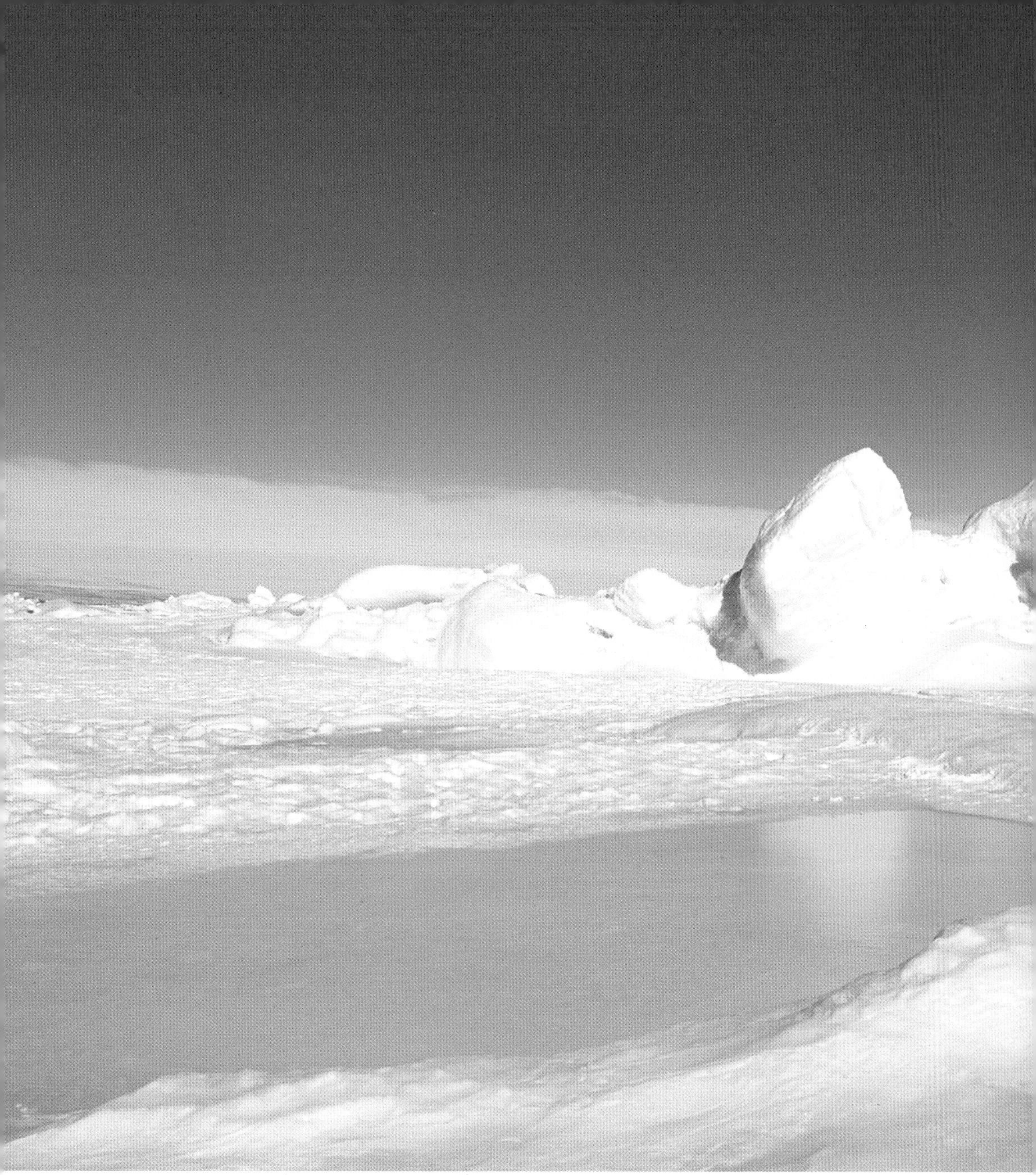

遇上斜坡，我們登高賞景拍照，下坡時乾脆坐下來滑行。
雪白大地的反光，容易曬傷皮膚，甚至造成雪盲，讓人眼睛紅腫視力減退，對攝影也是個困難的因子。

風雪獨處，
更能探索內心深處

旅遊南極，待在船上的時間居多，在永晝中整天看著同樣的海景，不知今日是何日。老天爺經常瞬間變臉，一時狂風驟起，在甲板上寸步難行，我只得以謙卑的姿態蹲下身，一步步匍匐移位前行，連眼睛都無法睜開，更談不上照相了。

每當船上廣播將進入暴風雨，總是長達十小時以上的漫長，大夥兒只得待在船艙裡。必要時，我先服用暈船藥，對抗整天整夜的搖晃。船身不停止地前傾後仰，有時左右四十五度的顛簸搖擺，有時上下起落，有時像地震般地震動，五臟六腑彷彿都要移位了，被波浪的拉力與地心引力不斷拋上拋下，或左甩右甩。窗外疾風暴雨如鬼哭神嚎，讓人心驚膽跳。儘管身處銅牆鐵壁內，可以想見滔天巨浪是如何的衝擊著破冰船，心理所受的驚恐與威脅，前所未有。

尤其是從阿根廷往南極大陸，必得經過最讓人膽顫心驚的德瑞克海峽——地球上最寬、最深（約五、六千公尺），也是風暴最大、海浪最洶湧的險惡之峽，整整兩天兩夜的考驗，海流強烈常遇七到九級的暴風，船頭總是激起十公尺如海嘯般的高浪，像是要被吞噬了。

對於暈船，我早有準備，也懂得用心法克服。在船上，我盡量充分休息，當船搖動厲害時，我靜靜躺在床上，大學同學陶行達送我的Relief Band，利用通過微電流在手腕刺激皮下的神經，可以幫助小腦平衡，預防頭暈、噁心。飲食方面，我只吃六分飽，少吃肉類、油脂，多吃蔬果，節制飲酒。暴風嚴重時，更減少飲食份量，以抵抗暈船。餐廳，最能反映團員的身體狀況，每遇到暴風浪來襲，用餐人數就銳減，尤其早餐更是寥寥無幾，能正常吃早餐的可都是勇士。

老天爺這般變幻莫測、喜怒無常，令人難以招架，但南極強勁又奇冷的風，以及船遇暴風的苦難，還真是親身經歷才真正體會到「風殛」的厲害（南極是地球上風最多最強的地區）。第四趟我邀請友人同遊，可惜卻出奇地風平浪靜，友人反而若有所失，少了經驗大風大浪的生命體悟。

乘船，登陸，攝影，返船休憩。旅遊南極的日子，再簡單不過。除了收發電郵與傳真，算是與世隔絕。沒有吸引人的聲光，因風浪而沒有食慾，人的慾望減到最低。在船上我話不多，像是閉關的狀態，我喜歡獨處一室，處在空朗清靜的環境，思考許多人生的課題，人與人之間實在沒有什麼好爭的。儘管有時因為廣播天候與登陸狀況，心緒有些起伏，時而興奮、時而沮喪，但都能覺察自己的情緒，清楚自己內心的變化。

在南極海上的日子，我完全陶醉在此環境。安靜的體驗孤獨，才能深層地感受，深層地思考，深層地淨化。我很享受這種獨處的滋味，離群索居，探索自己的內心深處。

海岸邊的冰塊被風雕琢，宛如
打太極拳的老者。

每個人都在南極，找到救贖

來南極旅遊的人，多半是思想和價值觀與眾不同，才會踏上這種艱難旅途，來挑戰體力與意志力的極限。每趟南極之旅的團員中，總是臥虎藏龍，有不少來自各國的生態學者或地質專家，以及專業的生態攝影家，拍攝的作品讓人驚嘆。

大部分來南極的旅者，多半是跑遍了五大洲，或想換個新奇的旅程。像是來自台灣的國小退休老師，以旅遊一百個國家為目標，南極算是他第九十一個「國家」。有位新加坡來的女士，因為人看太多了，想看看單純的企鵝。最奇特的是位中醫師，專為吸收磁場能量而來，帶電鍋跟米煮食自己需要的養生食物，不熱衷登陸、看企鵝，常留在船上打坐修練，就算登陸看企鵝時，也在一旁閉目養神。

能參與南極旅行的人，多半經濟條件不錯，但有個不到四十歲的日本企鵝迷是例外。他不過是個普通小職員，卻已四度遊南極，平日省吃儉用，每十八個月傾所有積蓄，辭了工作，只為了看企鵝，回去又得重新找工作。有趣的是他長得頗像企鵝，大家都稱他「企鵝先生」，猜想他的前世可能曾為企鵝，或和企鵝特別有緣。或許，有人會認為企鵝先生傻得執著，但他對夢想的熱忱，與對世俗的瀟灑，是我們一般人做不到的。

有位退休女老師和先生戀愛多年而結婚，多年來協助他在事業打出一片天，功成名就之後，先生竟開始外遇。她為兒女隱忍這段婚姻，幾度想輕生，卻又覺得不值，於是獨自來南極散心，療癒心底的創傷。相信她經過南極的洗滌，回台灣後能活出自己，開始新的人生。衷心祝福她。

對比之下，另有個命運相反的女人，是為了圓丈夫生前的夢想而來。這對恩愛夫妻共同打拼事業，事業有成後喜歡結伴旅遊，遊遍五大洲，夫妻夢想再兩年退休後要一同遊南極。沒想到先生因工作積勞，罹患肝癌先走一步。老婆在愛夫忌日時，帶著他的照片來到南極，向著西方唸著：「我已經替你來到南極，相信你在西方極樂世界也看到了……」，以告慰熱愛旅遊的先生。

在南極有緣認識不同領域、不同類型的人，每人都有其長處，三人行，必有我師。儘管在船上我多半是自得其樂，但能找到一、二位有緣的人促膝長談，是人生一大樂事。

我和朋友聊天，常喜歡問一個問題：「這世間是樂多？還是苦多？」平常大多數人的回答都是苦多樂少。但在船上認識的朋友，幾乎口徑一致都說：「樂多於苦」，和這些樂觀的人相處，可以學到不少正面的價值觀。或許正因他們性格陽光開朗，人生態度積極，而致身心健康，事業有成。

佛說人生有八苦，生老病死之外，還有求不得、怨憎會、愛別離、五蘊熾盛。但苦惱的根源是因為執著「有我」。因為強烈的我執，自我意識太強，為求不得而苦，被境所轉，為情所困，而導致人際關係不好。但這些個性陽光的朋友，他們有些是白手起家，在生命的旅途上坎坷起伏，顛簸不平。回過頭來看這些苦難，反而令他們激發向上提昇的動力，化困境為逆增上緣，有如修行的「轉識成智」，常有脫胎換骨的神效。讓我想起《心經》：「照見五蘊皆空，度一切苦厄。」他們以正知、正見看待問題，明白人我無間，俱有同化力、親和力，當然就能度一切苦厄了。

大石擋路，你可能被它絆倒，你也可以把它當墊腳石，站在上面遠眺啊！人的成功與失敗，關鍵在於如何化逆境為資源，上上增進。

生命的意義何在？人生的價值若何？一直是我核心的思維。美國心理醫師曾寫過《前世今生》的暢銷書，藉由催眠回溯前一世，或者與瀕死經驗者訪談，來闡述輪迴的現象。他所得到的結論有一共同點，就是此生的目的是為了學習和愛，我深表同感。

最近年代電視台主播高文音，在訪問和信醫院的黃達夫院長時，希望他用最簡單的幾句話，來闡述健康的祕訣，他說：「愛就是健康的祕訣！」因為在助人的前提之下，自己一定要保持健康，所以轉個彎，心中有愛，以愛心幫助別人，就是健康的祕訣了。

樞機主教單國璽則說：「存大愛做小事！」真是一語道盡生命的真諦！

佛教常說「悲智雙運」，悲是廣泛地利他，智是洞徹的正見。經典上常有「五度如盲，般若為首」之說，可見般若智慧的重要。慈悲若無智慧，會形成慈悲魔。禪定若少智慧，也會走火入魔。悲到了極致自然生出智慧，理追究到極致可能就大徹大悟了。

2008年11月在金融海嘯期間，由世界旅遊攝影會吳文欽組團，32位團員造訪南極——南極喬治亞島國王企鵝＋福克蘭群島的團體合照。

冰雪大地，
一點一滴在消融

南極，洗滌了心靈的塵垢。這幾趟攝影之行，正也是我的修行之旅，從拍攝世界的種種，我覺察了許多生命的瞬間。期望藉由自己的第三隻眼——相機，分享南極之美。讓無法去南極的人們，也如同身歷南極絕美之境，目睹地球原始的美好，體驗到大自然可敬可畏的力量。

藍色大海、壯闊冰山、可愛企鵝群……，一幕幕影像不斷浮現腦海。那些我曾經走過的雪白大地，也正一點一滴地在消融，不禁慨嘆人類怎能如此傲慢？自以為是地不珍惜資源、破壞山川大地？倘若有一天，地球暖化使得南極的冰全部融化，我們的世界將變成什麼樣子呢？

西元二〇〇二年一月，當我一探南極半島歸來，不久，便聽聞報導：南極半島東岸的拉森冰棚（**Larsen B Ice Shelf**）正開始崩解，三十五天內三千二百五十平方公里、平均厚度二百公尺的冰棚，已碎裂成數千個漂浮的冰山。西元二〇〇三年十二月，當我二探南極羅斯海域，出發前的一個月，聞知世界最大的冰山B15（面積一萬一千平方公里）破裂為二。當我親臨羅斯海，目睹分裂後的冰山，深深感嘆人類無知於自己的渺小。

西元二〇〇六年十月，當我三探南極半島時，當年東部南極冰原尚未受全球暖化影響。怎能想見從西元二〇〇六年至今的四年，東部南極冰蓋正以每年五百七十億噸的速度消失。而從南極洲冰蓋分裂出來的一百多塊巨大浮冰，正慢慢漂往紐西蘭，其中一座長達二公里。

西元二〇〇八年十一月，當我四探南極半島與附近小島的那一年，面積一百六十平方英里、存在約一千五百年的威爾金斯冰棚（Wilkins Ice Shelf），隨著充滿水的裂縫越來越大，突然破裂坍塌。

溫室效應加速了南極冰層的融化。根據政府間氣候變遷問題小組（IPCC）評估，過去一百年來海平面已上升十到二十公分。預測西元二一〇〇年時海平面將會上升十五到九十五公分，低窪地區和島嶼將被淹沒。有「世界的盡頭」之稱的美麗島國——基里巴斯，已經有兩個小島淹沒在大浪之下。不久的將來，島嶼國家馬紹爾群島、吉里吉斯與吐瓦魯等珊瑚礁國家、眾所熟知的馬爾地夫，以及臨海的諸多城市，也將面臨被淹沒的災難。

台灣近年來，也不斷飽受狂野的氣候造成的水災與土石流，九二一地震、西元二〇〇一年的桃芝颱風……等襲擊，去年莫拉克颱風帶來的八八水災，甚至創下單日降雨量的百年新高，釀成重大傷亡，影響層面遠甚十年前的九二一地震。

我常問自己，能為這片美好的大地做些什麼呢？人類唯有謙卑地尊敬自然，愛護自然，才能永續生存在這地球上。期望有人能因我帶回的影像而感動，和這白茫茫一片靜好的大地對話，和我一同神遊南極，而心領神會親身「去到」南極荒野，因而領悟到：作為地球村的子民，我們一定要愛護地球，才能永續生存在地球上。

冰天雪地中，人性一覽無遺

滿眼都是晶瑩的白雪，讓心靈格外純淨。我很想真誠地做好每一件事，珍惜每一段與自己擦身而過的因緣，用知足感恩的心，用熱情幽默的方式，與天地萬物為友。短暫的時光稍縱即逝，過了今天，誰也不知道是否還有明天。

人生雖然苦多於樂，但凡有愛穿梭其間，就會顯現出超然的生命力。聖經上說：「愛是恆久忍耐，又有恩慈，愛是不嫉妒，愛是不自誇，不張狂，不做害羞的事，不求自己的益處，不輕易發怒，不計算人的惡，不喜歡不義，只喜歡真理，凡事包容，凡事相信，凡事盼望，凡事忍耐。愛是永不止息。」想到那位為丈夫圓夢的女人，以及內人因動過心臟手術，無法隨我同行，讓我在南極歸來的行囊中，不覺地裝了些這樣的愛。

佛教主張「無緣大慈，同體大悲」，對眾生的煩惱痛苦，即使素不相識，都會無條件地同情，看到別人跌倒受傷，會有感同身受的傷痛。這在平常時日很難做到，甚至於要體會到都很難。然而冰天雪地的南極，彷彿有一種無形的能力，揭去人們虛假的外衣，讓我赤裸裸地感受所見所聞。於是見到陌生的旅客，湧出如家人般地親切，見到嗷嗷待哺的小企鵝，以及落單的企鵝被海鳥攻擊，都不由得心生悲憫。

聖嚴法師曾說：「生命的價值要看我們怎麼使用，生命只要被使用，就會有價值。」我想，如果能進一步積極奉獻，自利利人，活在責任義務中，生命的附加價值就能一翻再翻。極地攝影擴展了我的視野，軟化了我的心，讓我想與有緣人分享：從不同的角度，欣賞極境的美麗與哀愁。

03

中極——西藏，走訪聖堂險地

一償夙願，佛國之旅

做為一個攝影愛好者，我曾十一次遠征南北極，
七次前進有「地球中極」之稱的西藏，
那是因為西藏有最反璞歸真的純粹之美，
最隔絕世俗喧囂的人文之美，
是傳說的香格里拉……。

香格里拉
鏡頭下的西藏

做為一個熱愛攝影者，我曾十一次遠征南北極，七次前進有「地球中極」之稱的西藏，那是因為西藏有最反璞歸真的純粹之美，最隔絕世俗喧囂的人文之美，是傳說中的「香格里拉」。

一九三三年，英國小說家詹姆斯．希爾頓（James Hilton）創作了一部小說《消失的地平線》（Lost Horizon）。小說中，這個坐落於喜馬拉雅群山之中的祕境，名為Shangri-la，中文音譯——香格里拉，此地有連綿的雪山、寧靜的湖泊、幽深的峽谷、成群的牛羊、湛藍的天空、金碧輝煌的廟宇，還有神祕的宗教與長生不老的傳說，是彷彿世外桃源般的一片淨土。小說引起轟動，一九三七年，還被好萊塢拍成了電影，掀起了世人尋找「香格里拉」的一陣熱潮。

後來，雲南迪慶藏族自治州州府所在地——中甸縣，舉證自稱該縣景色和小說描述的「香格里拉」完全吻合，後經中國國務院批准，中甸縣更名為「香格里拉」。

事實上，香格里拉藏語又稱「香巴拉」，譯意為「心中的日月」，所以「香格里拉」應屬於所有的藏傳佛教地區。它是影像紀錄者最流連忘返的攝影天堂，其中的經幡、轉經輪、瑪尼堆、辯經、朝聖者更是攝影家的絕佳題材。

◎西藏經幡——寄託美好的願望

經幡在藏族地區幾乎無所不在，是高原上獨樹一幟的美麗風景。神山、聖湖、高原、寺廟、家屋、路口……，處處可見。

經幡，又叫風馬旗，由藍、白、紅、黃、綠五色布幟交互構成，每種顏色都有特定的含義：藍幡象徵藍天，白幡象徵白雲，紅幡象徵火焰，綠幡象徵綠水，黃幡則象徵土地。風馬旗因內容不同，而有不同的名稱，例如印有佛教經文的稱之為「六經文風馬」，印有八寶吉祥圖案的叫「六八寶風馬」，一般而言，旗的四周印著代表五行的金、木、水、火、土，表示生命輪迴，生生不息。

經幡以單純的色彩和元素，經由各式各樣的排列組合，在藍天白雲的映照下，將大地與蒼穹之間妝點得多彩多姿，令人目不暇給。每當經幡隨風飄蕩搖曳時，更

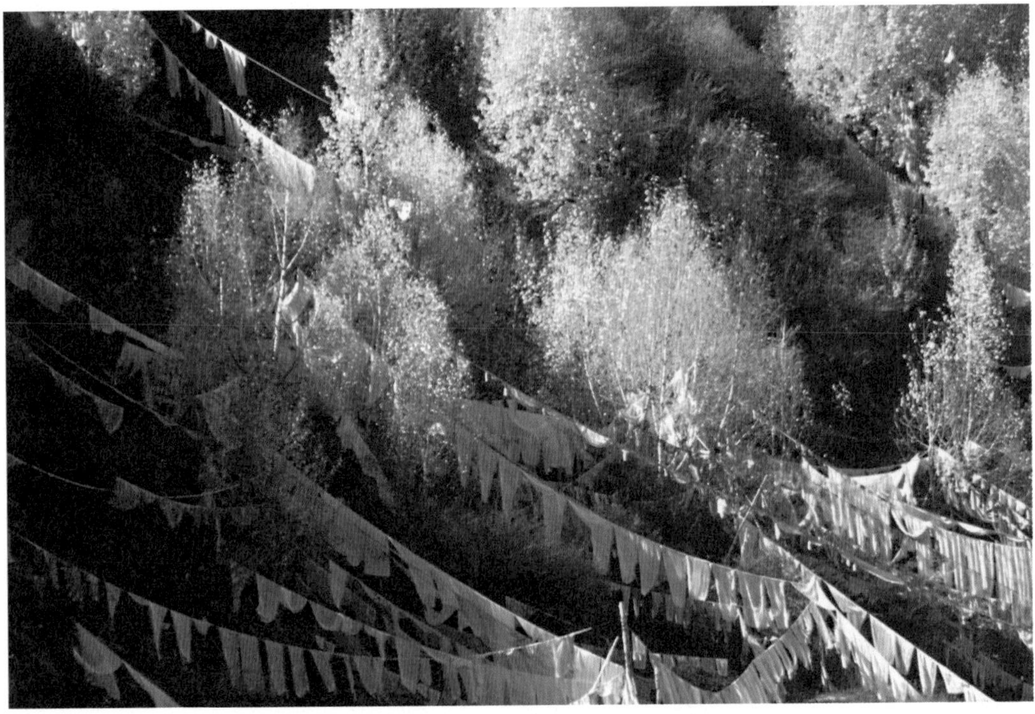

幡是西藏高原上獨樹一幟的美麗風景。

懸掛經幡，表達對神山聖水的敬畏。

是別有一番藏式風情。

值得一提的是，藏族朋友相信，經由風力搖動經幡上的經文和佛像，有如藏人誦經，能將此傳向神佛所在之境。換句話說，經幡隨風力飄動，傳送經文，能夠「直達天聽」。

其次，各大寺廟裡等地方都有轉經輪，轉經輪是另一種象徵西藏的傳統文化。對藏人而言，轉經輪非常生活化，那是深信因果輪迴的呈現。

轉經輪是藏人生活的一部分，轉經筒成為藏族不可缺少的法器。轉經筒一般分為兩類：一種是手搖式，藏人在寺廟附近拿著小轉經輪搖動，並持誦六字真言；另一種是固定在寺廟裡輪架上的，質地有金、銀、銅等。一般而言，藏傳佛教廟院都有轉經輪，轉經筒形狀猶如一個小木筒，中間有轉軸，表面刻有「六字真言」，轉經時須以順時鐘方向，用手搖轉，每轉動一次就等於念誦經文一遍，反覆轉動，形同念誦著成百上千遍的經文。

藏人相信，經筒經輪，可消除業障。

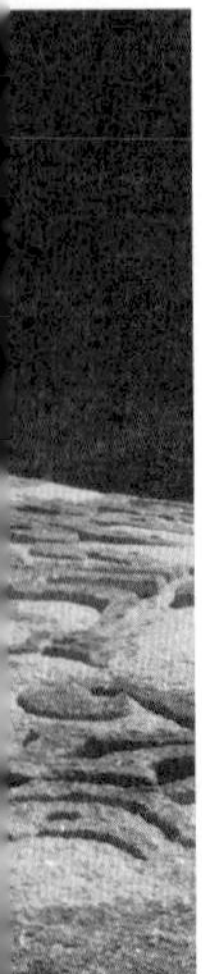

藏區隨處可見瑪尼堆。

石板上刻有佛像、經文或「唵、嘛、呢、唄、咪、吽」六字真言。

藏人相信，經筒經輪，具有大神力，可消除宿世所積業障，降伏魔礙。善信男女只要發心轉動，其功德不可思議，可使諸事如意，吉祥圓滿。

回顧多次西藏行，拍攝「瑪尼」的畫面最多。

不論是河湖、山頂、路口、湖邊或寺廟附近，隨處可見石板上刻有佛像、經文或是「唵、嘛、呢、唄、咪、吽」六字真言，藏人稱為「瑪尼」。瑪尼一般都是方形或圓形，堆成牆型或金字塔型則稱為「瑪尼堆」。它們堆成尖錐形等不同的形狀，不但堆放的形狀不一樣，雕刻手法也各有千秋。

西藏本土原始宗教苯教認為萬物皆有靈性，白色崇拜中當然少不了白色的石頭。本來瑪尼堆多為白色石頭的堆積，在佛教傳入西藏後，堆積瑪尼堆更加進化了，人們不再使用純粹的白石，

喇嘛們一旦辯起經來，氣勢咄咄逼人，互不相讓。

藏傳佛教中對仁波切要求必須具備善講、雄辯、著書三個條件，所以辯經成了喇嘛們很重要的一門功課。

而是把本來就具有靈氣的白石再刻上佛經或佛像，使這些白石更富靈氣。

小說名著《西遊記》中的石猴孫悟空也是由石頭裡而化生，小說經典《紅樓夢》又稱為《石頭記》。在各地名勝古蹟更充斥著「仙人石」、「望夫石」等等與石頭有關的傳說與故事，這些故事帶著人們悲歡離合的情感投射，賺人熱淚，發人深思。

莊子有句名言：「予豈好辯哉？予不得已也。」

莊子以好辯善辯聞名，他和惠施遊於濠水之上的橋樑，兩人觀賞風景之餘，為了一條悠游於水中的魚到底「快不快樂」起了爭辯。兩人棋逢對手，互不相讓，一來一往的對話中，誰勝誰負，已無關緊要。重要的是，「魚樂之辯」這一場大辯論，令後世思索、玩味再三。

在西藏看到喇嘛「辯經」是相當特別的經驗。

辯經，源自印度五明學的因明學，接近西方科學思維的理則學、語意學，連以色列人也深受影響。印度人是以好辯聞名於世，諾貝爾經濟學獎得主．當代最具影響力的印度思想家沈恩（Amartya Sen）有一本著作《好思辯的印度人》，他提到印度人時說：「我們確實是個愛說話的民族。」他表示，五十年前，印度國防部長克瑞施納．梅農曾為政策辯護（當時他是印度代表團團長），在聯合國創下連續九個小時沒有中斷的演說紀錄，至今無人能及。

他指出，印度從來就是一個由不同文化、不同族裔構成的共同體，離經叛道是印度的文化傳統，遇事爭論是印度人的生活方式。探究印度人獨特的論辯基因，就知道印度人喋喋不休、能言善道的能力，其實其來有自。

由於藏傳佛教中對傳道解惑的仁波切或堪布要求必須具備善講、雄辯、著書三個條件，所以辯經成了喇嘛們很重要的一門功課，他們會不時互逞舌鋒，切磋過招。

是什麼樣的發心，讓朝聖者願意不辭辛苦地前往聖地？即使一生只有一次機會也罷，即便手邊阮囊羞澀也罷，不管路途再遙遠總要走上一回。

朝聖者大抵都是懷有使命，身強力壯的人，可是即便是身強力壯的人，終究還是得咬緊牙根，不怕艱辛，才能完成畢生志願。他們以五體投地的大禮拜方式，三步一拜，匍匐前進。漫漫長途，由此端到彼端，是七千步、是七萬步……，應是不可勝數了。

在我幾次深探西藏時，總會看到衣衫襤褸，全身覆滿塵垢如流浪漢的朝聖者，他們的容顏，「灰頭土臉」最堪比擬。然而，隱藏在一張張灰頭土臉之外的是純淨善良的眼神，無怨無悔的虔誠，一種全然的奉獻。

這些朝聖者可能是一家人共同行動，也可能是村子推派的代表，長達數月甚至經年，餐風露宿，跋涉數千公里，只為到心目中最想望的朝聖地朝拜，以償夙願。其中，又以婦女朝聖者最令人感動，她們結伴而行，循規蹈矩，動作莊嚴，儘管不斷有車輛擦身而過，但她們依舊心無旁騖，不為所動，讓人不得不豎起大姆指。男性朝聖者雖也虔誠，但事後我從照片中看出，他們偶爾不循規蹈距。

朝聖者寧可像地上的「慢」字一樣，循規蹈矩，一步一腳印挺進。
虔誠無悔的每一步都讓人感動不已。

就我所觀察到台灣各地的讀書會、共修會或法會而言，成員總以女性居多。一般而言，男女比例是三比七，可見女性天生較精進。

我們是特別乘著四人座的越野車，才能夠隨時下車攝影，一般搭遊覽車的旅客是不容易拍到這種朝聖畫面的。

路途中我曾遇到父子一家四口朝聖，我們下車拍照。團員中有一人沒拍到這畫面，為了補拍，居然要求那位羞赧的小孩，配合他的鏡頭演出，倒退一段路，再重新來一遍磕長頭。我一方面對這個孩子感到不忍，另一方面對那個團員感到不齒。

朝聖者是西藏傳統文化的可貴印記，只不過，這樣的印記已經愈來愈少見，愈來愈珍貴了。

布達拉宮

世界屋脊的明珠

位於西藏拉薩市瑪布日山上的布達拉宮，金碧輝煌，氣勢雄偉的高原宮堡，被譽為「世界屋脊的明珠」。海拔三千七百多公尺，建築總面積有十三萬八千零二十五平方公尺，宮殿高十一萬五千七百零三公尺，是西藏地區規模最大、式樣最全，美麗如畫的宮殿，被譽為世界十大土木建築之一，也在一九九四年十二月被聯合國教科文組織列為「世界文化遺產」。

◎依山而建，經典建築智慧

我曾七次深入西藏這片佛國淨土。對於依山壘砌，巧妙築成的布達拉宮自是不陌生，甚至有一股想深入探尋的熱情，試圖以各種不同的角度、光線去拍攝；我的試驗，有時也會受挫，不過，廢寢忘食，鍥而不捨的努力，留下了許多彌足珍貴的影像紀錄。

布達拉宮的宮內樑柱雕刻華麗，牆面彩繪壁畫精緻，主宮（紅宮）頂上的金頂群，金光燦爛，還有八瑞相、七政寶、祥麟法輪、寶瓶、牛毛幢等飾物，極具歷史價值。全宮建築最令人佩服的是擅用地形，依山而建，就地取材，泥土、石料、木材交錯運用，順著山勢拔地而起，形成碉樓結構。主體建築分為紅宮、白宮兩大部分。東部白宮為達賴喇嘛居住辦公用，中部紅宮設佛殿及歷代達賴喇嘛靈塔殿，西部白色僧房供喇嘛居住。如此宮殿疊砌，曲折迂迴，卻能同山體巧妙融合，不露斤斧，確實是建築藝術上的智慧結晶，但是面對這座已經有太多人拍過的經典建築，要如何拍攝才能不落俗套，

布達拉宮主體建築分為紅宮、白宮，宮殿疊砌，曲折迂迴，卻能同山體巧妙融合，是建築藝術上的智慧結晶。

布達拉宮依山而建，就地取材，泥土、石料、木材交錯運用，順著山勢拔地而起。

別具巧思呢？

一般拍攝布達拉宮不外乎從對面西南側的小山丘上，或廣場大街上的白塔高臺上著手，這幾乎是坊間西藏旅遊書、攝影集，拍攝布達拉宮的常見拍法，如此一來，作品所能呈現的角度也就難免受侷限。我翻閱許多攝影集，發現即便是中國最火紅的旅遊出版社所出版的布達拉宮攝影集，角度變化仍是很有限。

一開始，同樣的難題，一樣困惑著我。

經過深思熟慮後，我跳脫出一般攝影慣用拍法，選擇不同的拍攝定點，遠、近、俯、仰，以各種不同的角度拍攝。首先，採取遠觀的角度，站在樹幹下拍；鏡頭下的古樹老幹嶙峋，虬髯旋空，樹群下河流綠波微微盪漾，天空藍得透徹，藉著與眾不同的視角，襯托出布達拉宮和老樹

老樹和布達拉宮像是二重奏般地進行無聲的對話，
歷經滄桑，見證歷史。

苦候多時，才拍到布達拉宮的特殊光影。

布達拉宮的夜景，美不勝收。

藏人轉經輪希望趨吉避凶，消災解厄。

遙相對望所產生的一種歷史感。

對攝影者而言，有時最簡單的照片，反而是最難拍的。檢視我的作品，其中有一幅呈現布達拉宮全景的作品，表面看似靜態平凡，不過，要拍出鬱鬱蒼蒼的青山綠樹環抱紅宮、白宮，且讓顏色和線條富於層次感，就得選定適當的地點，合宜的光線，才能得心應手，為此，我爬上某五星級酒店二十幾層樓高的地方，冒險倚靠圍牆，墊高拍攝。我們知道，光，最能夠「化平凡為神奇」，因此，攝影家不斷追逐著光，我為了期待一道由天外投射而下的自然光，守候多時，皇天不負苦心人，終於捕捉到那「一剎那」，幸運入鏡。

至於像布達拉宮這樣的聖殿，朝夕晨暮是否也有不同風情呢？夜幕低垂，華燈初上的布達拉宮，又營造出什麼樣的氛圍呢？我為了拍布達拉宮的夜景，平常行事風格分秒必爭的我，此刻卻可以心平氣和，耐著性子等待。果然，傳遞著藏傳佛

藏人對信仰非常單純虔誠。

教千年祕密的布達拉宮，愈夜愈美麗。當華燈光照時，熠熠生輝的布達拉宮和水中倒影，美得教人屏息，美得令人心悸，此刻的布達拉宮真如最閃閃動人的夜明珠，璀燦光華，讓人驚豔不已，流連忘返。我選定位置，思考構圖，在按下快門的瞬間，布達拉宮和倒影有如鏡花水月般虛實共存，呈現出一種無法言喻的神祕魅力。

布達拉宮向來給人富麗堂皇的印象，不過，如果用黑白色調去呈現這個偉大的歷史古蹟，那又會是什麼樣的面貌？我以單純的色調，拍夜的布達拉宮，保留了兩側的「唐柳」，有意無意間將歷史連結起來，布達拉宮的前身建於西元七世紀，是吐蕃王朝第三十三代藏王松贊干布為迎娶唐朝的文成公主特別建造的一座豪華宮殿。據《舊唐書．吐蕃上》記載：「貞觀十五年（六四一年），太宗以文成公主妻之……及與公主歸國，謂所親曰：『我父祖未有通婚上國者，今我得尚大唐公主，為幸實多。當為公主築一城，以誇示後代。』遂築城邑，立棟宇以居處焉。」

文成公主遠嫁到拉薩後，松贊干布雖為文成公主建造豪華城邑，卻也難解公主的鄉思情懷，文成公主就將別離時大唐皇后所賜的柳枝親手種植。這些唐柳當年撫慰了公主望鄉思國之情，也不斷生根繁衍，開枝散葉，歷經一千千多年後，現在拉薩地區不時可見枝葉隨風搖曳，布達拉宮旁的龍王潭旁更是景致迷人。經由唐柳當背景，烘托水中映照的布達拉宮，格外有種澄澈之美！

我鏡頭下的布達拉宮除了展現本體的藏式風情及藏傳佛教的神祕外，最美麗的風景還是人。大太陽底下，我有耐心地拍著藏人排隊轉經輪的畫面，這些題材我過去也拍過，但每一次看到，仍會有不同的感動。這些藏人不乏老態龍鍾者，他們轉經輪希望趨吉避凶，消災解厄，更希望法輪常轉，淨除業障，讓來生來世可以過得更圓滿；藏人對信仰的單純虔誠，眼神所透露出來的善良純樸，深深地感動著我。

一般觀光客到西藏，布達拉宮是首選，如果想探究西藏的人文地理，沒去阿里地區將成遺珠之憾。二〇一四年八月，西藏旅遊最專業的「一六八國際旅行社」推出「阿里大環線」，十八天內從四川成都直飛拉薩、澤當、日喀則、珠峰、薩嘎、塔欽、札達土林、獅泉河、納木措等阿里地區，行程非常緊湊，我本來認為阿里地區天大地大，三十一萬多平方公里，占西藏四分之一，行程排太滿，每一景點恐流於走馬看花，因而興趣缺缺；後來知道是由旅行社董事長孫宜君御駕親征，並且禮聘兩次攻頂聖母峰成功的台灣傑出女登山家江秀真當領隊，可見很慎重其事。

另外，行程中安排有珠穆朗瑪峰、岡仁波齊峰、古格王朝遺址等，也是吸引我報名參加的原因，特別是珠穆朗瑪峰海拔八千八百四十八公尺，是喜馬拉雅山脈的主峰，也是世界上最高的山峰，它是全世界登山者的夢想，也是人類挑戰自我的象徵。以前我從尼泊爾拍珠峰，這次改由西藏拍珠峰，希望拍出不同的景觀；可惜我們在第六天抵達海拔五千兩百八十公尺的「珠峰大本營」時，雲霧飄緲，珠峰女神不見客。撲了個空，很失望，只拍一張照片留念。

「珠峰大本營」設備簡陋，有電沒水，許多登山客會在此地住宿。登山旺季時四至六月至少有上百頂帳篷分佈，有旅館、茶座、商店帳篷，珠峰大本營如同一個繁華的帳篷小城鎮。

岡仁波齊峰稱不上是藏區的最高峰，除了山型巨峰迷人外，這個「神靈之山」經常被白雲繚繞，凡人很難一睹其真面目。岡仁波齊山是西藏原生宗教苯教的發源地，同時也被藏傳佛教、印度教、以

（上）珠峰大本營設備簡陋。
（下）岡仁波齊峰是神靈之山。

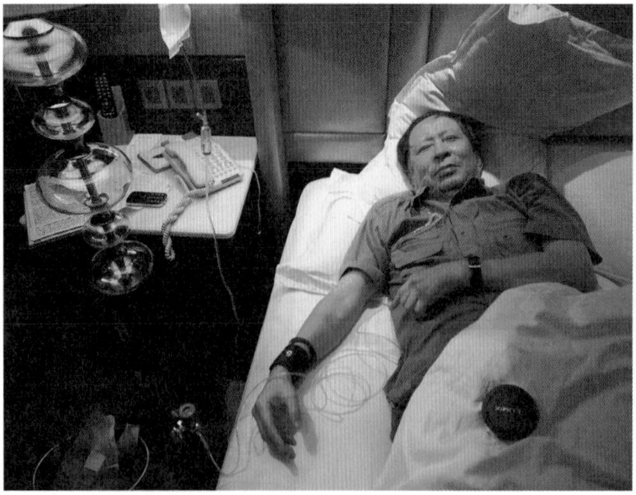

入藏七次，我只在阿里患了高山症。

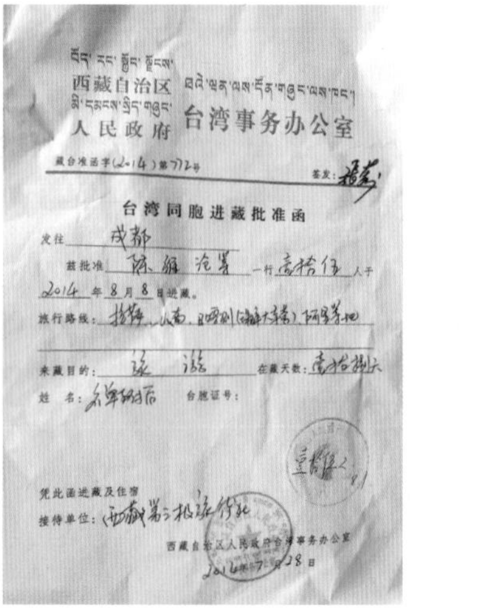
西藏自治区人民政府
台湾事务办公室
藏台准函字(2014)第772号
签发：
台湾同胞进藏批准函
成都
兹批准 陈维沧等 一行 壹拾伍 人于
2014 年 8 月 8 日进藏。
旅行路线：
来藏目的： 旅 游　在藏天数：
姓　名：　台胞证号：
凭此函进藏及住宿
接待单位：
西藏自治区人民政府台湾事务办公室
2014年7月28日

「進藏證」不易取得。

及古耆那教認定是座神山，因此成為四大教派的信仰中心。來自印度、尼泊爾、不丹以及藏族、華人的朝聖隊伍，年年絡繹不絕。每年夏季，這裏滿是世界各國長途跋涉，跨越國境，來此轉山朝聖的人們，而轉山是藏民徒步轉行神山的一種儀式，他們堅信透過這種形式，可以滌淨今生罪惡，免受輪迴之苦！

面對轉山路途的艱辛，藏人無怨無悔，甚至以能死在神山上讓眾神接引為榮！

札達土林是由於喜馬拉雅造山運動擠壓而使水位遞減，露出水面的山岩經風雨長期侵蝕所雕琢而成的。我們前往這裡探尋這個鎖著千古之謎的古格王國，距今有一千三百年的古格王朝，集文明精華於一身，由曾擁有百萬雄師的吐蕃王室後裔所建，傳承二十餘代國王，充滿神祕與榮光！傳說它是被鄰近的拉達克攻下，但真實性卻無從考，曾經輝煌燦爛的古格王國，三百多年前為何在一夜之間，突然間徹底消失，至今仍成謎。古

札達土林地形有如美國大峽谷。

格遺址高三百公尺，宮殿、洞穴、碉樓、廟宇、佛塔依山而建，直逼長空；與山體融為一體，氣勢恢弘壯觀，也讓人發思古之幽情。

西藏被譽為地球的第三極，阿里地區更被視為極地的心臟、諸神的殿堂，無邊無際的荒野，瞬息萬變的天候，想進入阿里地區可不是一件容易的事，現在除了「進藏證」取得不易外，高山症仍是一大考驗；我曾七探西藏，唯獨在阿里患了高山症（又稱高地綜合症、高山反應、高原反應），可能是一路上好多美景讓人目不暇給，但沒看到聖母峰，心情起伏不定，而得了高山症。

但阿里地區鬼斧神工直逼美國大峽谷的札達土林、千古難解的謎團古格王朝遺址、神山岡仁波齊峰……祕不可測，魅力無窮，還是讓人無限嚮往。

古格王國曾經輝煌燦爛。

一圓夢想
曬大佛全記錄

曬大佛是我西藏行最期待的一刻。不過，誰也料不到，我等這一刻，足足等了許多年，歷經三次失敗，才如願以償地捕捉到珍貴的鏡頭。

回想前幾次，原本已訂好的行程，出發前一週，旅行社卻緊急通知「進藏證」被取消了，原因不外是當局擔心過多遊客會影響維安等不明理由；能夠順利成行並在貴賓席觀禮，可說是得來不易。

哲蚌寺是藏傳佛教格魯派三大寺廟之一，也是全球最大的黃教寺廟。位於拉薩西郊約五公里的根培烏孜山上，海拔三千八百公尺，西元一四一六年，由宗喀巴的弟子絳央曲結所建。「哲蚌」在藏語意為「米聚」，有積米堆米、象徵繁榮的意義。哲蚌

寺「雪頓節」是西藏最大的傳統節日之一，主要活動有曬大佛、跳藏戲等。「曬大佛」的起源，是因傳說中佛陀誕生時，九龍吐水洗浴全身，因此後世僧徒，萬眾齊集，瞻仰佛容，聽經受法。傳承至今，已成西藏重要的節日。哲蚌寺後山有不少崖壁石刻、瑪尼堆，再往後走到半山腰，曬佛大典在這裡進行。

我們分兩梯次出發，分別是凌晨兩點半和六點半，第一波有四位團員，他們甘願摸黑起床，主要是想捷足先登到寺院，占據個好位置以利拍照，可是事與願違，抵達現場

釋迦牟尼佛唐卡，面積一千多平方公尺。

前面幾排，軍人、消防、公安占了半數。
觀光遊客反而比藏民還多。

觀禮台上，我取得最有利攝影的位置。

時，已見人頭攢動，根本無插身立足之地。

我選擇第二波在六點半出門。我們等車時，已經大排長龍，有些藏胞甚至明目張膽地插隊，我們錯過了三次班車，苦苦等了四十分鐘才擠上車，好不容易走上觀禮台。

「雪頓節」這項傳統活動發展至今，集宗教、娛樂活動於一體，隆重程度僅次於藏曆新年，是西藏人民一年一度的宗教盛事。可惜演變至今，卻像是為了滿足觀光客好奇心而舉辦的嘉年華會。

對於哲蚌寺「曬大佛」本來抱持著高度期待，不過，面對人山人海，喧嘩熱鬧的大場面，在按快門的剎那，反而麻木了，沒有預期的感動，也沒有心跳加快，血脈賁張。看遊客似乎比藏民還多，讓原本單純的宗教節慶，有些變質變調。

這次能坐在觀禮台上拍到曬大佛的完整畫面，雖然心想事成，彌足珍貴。不過，並非可以自由走動，隨意取景。

更遺憾的是，「雪頓節」雖為宗教民俗

軍警維穩把關，滴水不漏。

活動，但是參觀者、朝聖者卻處處受限。我們前往哲蚌寺的路途中，數萬軍警如臨大敵，沿路部署，嚴格戒備管控，幾乎三步一崗、五步一哨，層層把關，滴水不漏。這使得原本莊嚴祥和的宗教活動，抹上了一層陰影，變成高度警備的「一級戰區」。

即使是在觀禮台上，也不能隨心所欲地移動，想往第一排拍照，立即被軍人喝止，只能請求阿兵哥通融，讓我拍個一、兩張，但拍完馬上會被請回原座位。這時，只能趁阿兵哥不注意時，如「盜壘」般地搶拍幾張，可是拍攝「曬大佛」還OK，但拍藏戲就心有餘而力不足了。

結束曬大佛儀式觀禮後，偌大的馬路盡是洶湧人潮，我只能徒步一小時走回車子停放處。儘管如此，日後檢視所拍的照片，過程雖然辛苦，但卻值得回味，只能說是「如人飲水，冷暖自知」了。

進廟要購買門票，對台灣人來說，簡直不可思議。雖然哲蚌寺遊客多，象徵性收「門票」，以價制量，是可以理解的。但是對那些心懷虔

金剛舞色彩繽紛漂亮，其中的「小鬼當家」可愛又逗趣。

誠，經濟條件欠佳的藏民未必能輕鬆負擔。此外，有關單位逐一檢查進藏證、團體名單……還要檢視護照，「維穩措施」絲毫不放鬆。

人生有些機會稍縱即逝，如果沒有即時把握，恐將錯過不再。二〇一六年二月十三日至二十四日，參訪「冬遊青甘川宗教民俗活動攝影團」，即是難得一見的宗教民俗盛會。台灣旅行社只提供十位名額，我把握良機報名參加。為什麼想要千里迢迢一遊青甘川？因為「青甘川宗教民俗攝影」，國人不熟悉，且少見報導。

旅程中的第四天即二月十六日，我見證了郭麻日寺曬大佛揭開序幕。同仁郭麻日寺是近七百年歷史的寺廟，擁有安多地區第一大寶塔（三十八米），也是熱貢藝術的發源地之一。郭麻日寺曬大佛儀式前，有「轉彌勒」、「跳虔」等民俗，在法王帶領下，吹螺敲鈸等法

藏人信眾紛紛護送唐卡佛像前進。長龍隊伍已快接近曬佛台了。

巨大的唐卡在曬佛台上井然有序，徐徐展開。僧人們齊心合力以熟練的動作舖設唐卡，顯然訓練有素。

號的前導和旗幡儀仗隊的引導，數百名青壯年、信眾抬著幾十丈長的巨幅唐卡佛像，穿過窄巷，緩緩走向曬佛台。

巨大的唐卡在曬佛台上井然有序，徐徐展開後，僧侶信眾紛紛頂禮膜拜，夾雜著法音、桑煙，瀰漫嬝繞，宗教氣氛濃厚。這種場面和拉薩哲蚌寺的曬大佛的大場面相較，有如小巫見大巫；這裡沒有軍人、公安、消防隊員鎮守的警戒氛圍。

而「金剛舞」的觀賞也不像哲蚌寺只能遠觀，不能近看，我們被允許可自由移動拍照，因此，節慶活動的許多細節可以較完整地呈現。

二月二十日郎木寺「曬大佛」可說是另一個活動的高潮。郎木寺是坐落於甘肅省甘南藏族自治州碌曲縣的風情小鎮，地處四川、甘肅、青海三省的交界處，是白龍江的發源地，

郎木寺唐卡佛像揭開的全景。

郎木寺唐卡佛像揭開，大功告成。

雖容易被遺忘，卻是外人所嚮往的「東方小瑞士」。

為拍攝郎木寺「曬大佛」，拂曉即起，摸黑從旅館步行半小時，在三千四百公尺的山坡地各覓位置，當時天色暗黑，只能用手電筒照射，看哪裡人多，即跟隨而上。

我們在零下十七度冰寒徹骨的低溫下，雙腳不停抖動以維持體溫，就這樣足足站了兩小時，終於等到郎木寺一年中規模最大、最隆重的「曬大佛」宗教節慶開展。

藏人重要寺廟幾乎都有大型唐卡佛像當鎮寺之寶，郎木寺也不例外。唐卡有多種形式，大抵會用到很多天然的顏料像：綠松石、珊瑚、金子等，這些顏料可畫在紙上、布上、絲綢、羊毛織

郎木寺僧侶將唐卡蓋上遮布布幕，捲收起來。

物上面，並確保顏色常年如新，不易褪色。

曬大佛儀式結束，唐卡的收回動作乾淨俐落，整齊劃一，藏人信仰的虔誠和專注由此可見，這個才是曬大佛的全貌，跟哲蚌寺迴然不同，令人深深震撼！

遺憾的是，我此行未帶助理作全程錄影，未能有聲有色地記錄影音實貌，呈現視覺、聽覺的雙重感動，這是美中不足的地方。

直到下午4點20分才將唐卡捲收起來，扛著護送回寺廟。

西藏天葬

死後布施大體

我常常思考：此生究竟「為誰辛苦為誰忙」？於是開始尋尋覓覓，叩門臨濟宗、淨土宗、密宗、禪宗以及教會的活動……，後來有人告訴我，西藏的密宗非常殊勝，這是我前往色達喇榮五明佛學院的緣起。

該佛學院位於四川省甘孜藏族自治州色達縣二十公里的山上，海拔三千七百公尺，年平均氣溫在零度以下，氣候和生存條件都極為惡劣，我克服高山症，兩度前往，一探虛實。

這一方溝谷山地，彷彿世外之境，數不盡的藏紅色僧舍密密麻麻地鋪滿山頭，成千上萬的喇嘛、阿尼自發而來，在此聽聞佛法，修道苦行，而他們的父母、家屬有的也隨之而來陪伴照顧生活起居。因此，僧舍規模日日擴增，一度形成了全世界最大的佛學院，全盛時期，有兩萬名僧侶。

在這裡，我看見了許多紅衣喇嘛、阿尼聚集，或者念誦佛經。萬頭鑽動如一片紅海，獨特的景象，令人震撼。可惜，今非昔比，據說，五明佛學院已翻新，回顧之前所拍的場景，更覺彌足珍貴。

回憶當年，在圓智法師引導下，參觀了尼眾的「醫院」，實在令我心痛和感慨，這只能算是一間配藥室（連醫務室都談不上），沒有醫生，更談不上最基本的醫療設施，聽說一個月，有幾十名尼眾往生，只因為沒有得到適當治療，唯有束手無策地坐以待斃，這對我們來說是不可思議的事情。

位於海拔3700公尺的色達喇榮五明佛學院，年平均氣溫在零度以下，生存條件極為惡劣。

據說，當地政府為改善五明佛學院的水電問題，大都拆掉重蓋，圖中櫛比鱗次的大場景已不復見。

我很希望能夠為這些信仰虔誠者略盡棉薄之力，也呼應前五明佛學院院長索達吉堪布宣講的「啟動愛心」計畫，從事尼眾扶貧醫療的艱鉅工程，除了捐款之外，也聯絡圓定法師，依照佛學院提出的需求，到附近十幾家藥廠採購感冒咳嗽藥、腸胃藥、抗生素、抗結核病等廿多種藥品並送去五明佛學院。此外，還關懷藏族失學兒童，從事偏鄉教育。

圓智法師曾來信說：「在就醫者當中，有一半付不起幾十元的醫藥費。還有甚者，因為沒錢，根本不去醫院，因此小病拖成大病。在這一次陳董等善心人士資助的病人中，就有幾例。其實只是內臟發炎，在扶貧醫院掛了幾天鹽水，就明顯好轉。但如果不是陳董等及時的愛心資助，就有可能成為因沒錢治病而往生的一員。」

我兩度前往五明佛學院，認識了前後任院長索達吉堪布和慈誠羅珠堪布，他們得知我對於「生死學」甚感興趣，於是告訴我說，佛學院不遠處有個天葬場，這是我第一次得知有天葬場。

第一次，有位喇嘛陪我到天葬場，但只能遠觀，以長鏡頭拍攝。第二次，我再探訪五明佛學院時，另一位喇嘛和天葬師較熟悉，才讓我可以近距離拍攝。

往生者名字被貼在告示板上。

這一次拍攝天葬的完整過程，確實讓我對於生死學有更進一步的體會，明白何謂「死生亦大矣」！

第二次拍攝天葬時，同行的道友孫金祥第一天就高山症併發；第二天雖然稍見好轉，但聽喇嘛說，翻山越嶺到屍陀林要走四十分鐘，擔心再度發作，臨時決定待在車內休息。因此，只剩我和喇嘛前往天葬場。

所謂的「天葬」是人死後的施身——布施軀體。家屬將往生者名字或照片貼在告示板上，請喇嘛誦經，由家屬抬棺繞壇城，接著搭車將棺木送上屍陀林，過程中必需翻山越嶺，下車步行一段山路。我們往屍陀林的半途中，剛好遇見有家屬抬棺準備布施亡者大體。

到達天葬場，送上屍陀林後，只見曠野藍天下，上百隻禿鷹在山嶺上空盤旋，接著欄杆裡裡外外陸續飛來了密密麻麻的禿鷹。

牠們似乎都經驗老到，靜靜等待著這一刻，只要天葬師一打開棺木或撕開大體封袋，鷹群立即爭先恐後，一擁而上，搶食而盡。藏族認為人死後施身，以食盡為吉祥，儘量不要有殘餘。因此，皮肉啃食殆盡後，天葬師又拿著鐵槌，於石頭上把骨架和骨頭砸碎，分給較遠處的小禿鷹啄食。

家屬抬棺繞壇城。

喇嘛為往生者誦經。

「天葬」在重視環保的今天，愈發顯現其觀念的先進；就生命教育而言，它開示著：生命，有開始就有結束。生命，隨大自然而來，也將隨大自然消逝。

對修行者而言，「天葬」是修行的方式之一，它讓人更清楚地認知死亡的本質，憨山大師曾說：「非於生死外別有佛法，非於佛法外別有生死。」生死學教授傅偉勳也說，「生死大事」四字足以說盡佛教的存在意義。

我算是早期的「天葬」真實影像紀錄者。當時拍攝時，因為全神貫注，對於天葬場的惡臭難聞，完全沒有感覺；直到拍攝結束後，才驚覺臭味逼人，而想嘔吐。事實上很少人能真正拍攝到「天葬」的真畫面，如今「天葬場」已變質為觀光景點之一；早期網路上有些圖片是花錢買屍體，明眼人一看禿鷹只有一、兩隻，真假立辨。

藏族崇尚自然，「天葬」也是世世代代所自然形成的習俗。因此，天葬場實不宜成為觀光旅遊的「景點」；我拍攝的這一系列原始「天葬」影像，希望能傳達西藏的特有文化，凸顯其真實性、稀有性和獨特性。

家屬抬棺準備布施大體。

前往屍陀林的過程中必需翻山越嶺。

（左頁）天葬場往生者的衣物、排遺臭不可聞，我因專注攝影，忘卻惡臭氣味。

一旁守候，等待大體天葬的禿鷹群、雄赳赳、氣昂昂。

藏族認為人死後施身，以食盡為吉祥，儘量不要有殘餘。

EMERSON

04

世間事如極光，夢幻生滅

北極——世界的頂點

我，疑似得了「極地長征症候群」？
南極一夢圓成，我再許一夢，破冰遠征來到北極。
凝視北極熊白色的身影，倒影晶藍色的浮冰；
放眼夜空中幽幽渺渺的極光，夢幻的生滅；
細數苔原上的小生命，堅韌地成長……。
當我來到正北極九十度，站在地球的最頂點，心境卻是如此寧靜與和平。

在地球頂點，正北極九十度，見證奇蹟

地球上有三個地方一直是攝影者的嚮往：北極、南極、中極（西藏）。初探南極時，純淨的大地深深震撼了我，讓我種下了極地相思的種子，曾先後五度探訪南極之外，我同時也六度前往夢想中的北極，最長為期十七天。

北極的夏天，海風吹來總是冷冽刺人，核子動力破冰船航行在北極海，船頭與銀白色冰層奮戰，發出吱吱嘎響。眼前的風景，就像南極一般，闊達的藍天，荒冰的寂靜，畫成了壯美而蒼涼的大寫意。和南極大陸不同的是，浩瀚的北極冰原之下，並沒有一塊陸地，全是凍結的冰層；而冰原上北極熊孤獨的身影，取代了南極企鵝群聚的壯觀。

南極之行，常因經過風浪較大的海域而飽受暈船之苦，且海上高聳、多變的冰山景觀讓人心生敬畏。登陸後，雪地上更是起伏難行，有時需長途跋涉一個

小時以上。相形之下，被冰雪大範圍覆蓋的北極海不僅風浪較小，視覺上，整個環境也比較平緩和諧。

北極，予人一股和平而寧靜的感覺。尤其，當置身在正北極九十度，地球的最頂點，一處平坦冰冷的白茫茫大地上，一場和平的「奇蹟」發生了！

還記得西元二〇〇六年夏天，我第二趟探訪北極。從俄羅斯北方巴倫支海（Barents Sea）的摩爾曼斯克（Murmansk）啟程，乘核子動力船YAMAL號向北長征，穿越北極海，筆直航向地球之頂——正北九十度。

破冰船停止前進時，大家群起歡呼，我們到了！這裏就是地球之頂了！經由衛星定位，找到地球正北九十度極點的位置，我

北極冰海一片平坦，海中沒有巨大的冰山，風景迥異於南極。
破冰船抵達北極正90度。
核子動力船本身就是一個巨大的危險物，俄國現在經濟蕭條、軍費大幅減縮，這艘西元1992年建造、每年二度航行的核動破冰船，有沒有定期做安全檢測？實在讓人擔心。

吳文欽攝

站在剛插上的「NORTH POLE 90°N」立牌旁，頭頂上飄揚著團員十五個國家的國旗，彷彿登高山攻頂成功，大家都興奮激昂。來自各國的七、八十個團員陸續下船，齊聚於地球之頂。悠揚音樂的慶祝氛圍中，大家手拉著手，在白色大地上圍成一個大圓。此刻，每個人的心頭上，像似有一根拉緊的琴弦，一種強大的凝聚力，感動著我們。

可是，慶祝的儀式一直還沒有開始。

廣播宣佈說：「請等一等，有一對特別的夫婦……」。一會兒，四位船員用擔架抬來一位老先生，原來是那位來自美國高齡八十多歲的史密斯老先生，因中風不良於行。而他的胖太太琳達也小心翼翼地走在冰滑的雪地上，一步步蹣跚而來。這幅動人的畫面，讓大家的心更加溫熱了。

史密斯被抬進我們的圓圈裡，在左右各一人攙扶下，雙臂被架而站起身，他堅持，就算拄著柺杖，也要加入我們的圓，好好地站在地球之頂上。當樂聲奏起時，奇蹟出現了！他竟不需旁人攙扶，光靠左右兩邊牽手的力量，自己站立，和大家一塊走步！所有的人都被他的意志感動，周圍的人激動得大喊「哈利路亞」！每個人紛紛報以讚歎和鼓勵的眼光。我一直相信這世界上是有奇蹟的，個人強烈的信念，和眾人因愛而發出的強大願力，有時會產生不可思議的力量！在這地球的頂點，我真實地見證了奇蹟發生！

大家手牽著手，跟著探險隊長的口令：「向左走兩步，腳下是加拿大」，「再向右走幾步，腳下是格陵蘭」，「再稍稍移動一點，腳下是冰島」，「再走幾步是俄羅斯的領地」……，我們好像是一群卡通小矮人，踩在巨大的地球儀上，向左走，向右走，百步之內就把東經一百八十度和西經一百八十度走遍了。

這一個大圓裡，來自地球上不同角落的團員們，手牽手圍繞著世界之頂。對我們這些大多半百以上的「老頑

工作人員利用衛星定位，找到地球正北90度極點的位置，插上的「NORTH POLE 90°N」立牌。在頭頂掛上15個國家的國旗，並準備餐點佈置戶外宴會。

童」而言，這一個圓，彷彿重溫了純真的童趣。再從世事滄桑的角度來看，這一個圓，正象徵人類永恆的追求——和平。

其後又一日，我們的船意外遇見一艘柴油動力船，兩船相逢在夏季朗朗白晝的北極海上，彼此一番激動，大肆鳴放汽笛，雙雙來個喧囂的招呼。兩船上的人，既不能行握手擁抱之禮，只得滿腔熱血地呼叫、揮手、吹口哨。「久違了，人類同胞」！儘管不是他鄉遇故知，甚至，彼此看不清面目，但在這寂天默地的冰凍中，彼此豪放溫情，多麼溫暖。兩船相迎又相送，彷彿上演徐志摩的《偶然》：「你我相逢在黑夜的海上，你有你的，我有我的，方向。你記得也好，最好你忘掉，在這交會時互放的光亮。」

人與人之間的信任，是和平的開始

在抵達正北極九十度的前一天（二〇〇六年七月二十日），有段小插曲：當航程已迫近地球頂點時，大家準備在甲板上舉行狂歡宴會，將要通宵達旦地慶祝，點燃「接近目標」的興奮之情。下午，探險隊長Laurie Dexter臨時廣播，說要增加一個餘興節目：「空中狩獵」（尋找目標），讓大家分批搭直昇機在空中巡戈。隊長面露神祕的說：「看看我們能拍到什麼？」

直到晚上的餐宴，只有兩個人舉手，都說看見了潛水艇！隊長Laurie Dexter這才宣布謎底。原來，俄羅斯籍的船長Alexandir Lembrik透過望遠鏡早已經發現那艘船，曾向俄羅斯國防部詢問，確定附近海域並無俄羅斯潛水艇巡航，猜想應是美國的核子動力潛水艇，航行到了北極海公海。為表示友善，隊長曾向他們自我介紹，說明我們的

破冰船衝破冰層，航行冰海上。

我們快要接近正北極90度，大家舉行派對狂歡，預先炒熱氣氛。

我與加拿大籍探險家Lisa在極地巧遇，兩人戴著相同的北極熊絨帽，頗有惺惺相惜之感。

來歷與目的，試圖與對方通話，對方卻詭異地回應：「我們已跟蹤你們兩天了！」故弄玄虛。我們的隊長也頗有大將之風，輕鬆大方地表示，我們船上正要舉行宴會，有醇酒和美女，邀請對方來船上同樂，但他們始終不予理會，潛艇也跟著潛入海中。

這位足智多謀的隊長心血來潮，臨時起意，安排直昇機進行「空中狩獵」的活動，等到對方發射信號彈警告，隊長可能感覺事態嚴重，才停止直昇機盤旋活動。

在公海海域上，兩船相會應彼此自報身分，作為基礎的溝通。若這艘潛水艇真的是美國核潛，在公海海域巡航，可能是為了避免刺激俄國，不想讓俄國有受到威脅之感，因此不肯暴露身分吧。解除緊張之後，我們才在艦橋上熱鬧哄哄地辦起狂歡宴。

吳文欽 攝

遠方出現會移動的黑點，從望遠鏡看去，竟是一艘潛水艇。旁邊橘色的痕跡，是潛艇剛發射的信號彈。（上）
搭乘直昇機賞景或登陸，是大家最興奮的事。有時是為欣賞破冰船破冰而行的實景，有時是為俯瞰佛蘭斯約瑟地群島，有時是登陸小島參觀廢棄的氣象站。

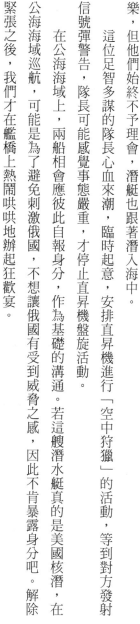

另外，這趟旅程中，曾搭直昇機登陸俄屬領地的三個小島。途中常見廢棄的氣象站，木屋殘破，人去屋空，只留二名衛兵站崗。可以想見前蘇聯解體後經濟蕭條，俄羅斯已無力維持偏遠的氣象站。教人不禁感嘆昔日世界最強的「老大哥」，曾以強權凌駕附庸國，如今帝國解體風光不再。美國這自以為是的國際糾察，就像眼前的潛艇闖入俄羅斯後門，氣焰囂張。大國對峙的時代已經過去，儘管兩國間表面上談和平、減核彈，但彼此之間仍互相不信任，缺乏互信的基礎，只是形式上的和平協議。

胡得渠 攝

登陸小島，島上俄羅斯的氣象站都已廢棄，只有兩三個衛兵駐守，可以想見昔日世界之強的帝國現已沒落，風光不再。

極光如夢幻泡影，是剎那也是永恆

南、北極之旅，大都是在夏季永晝期探訪，太陽不落入地平線之下，在二十四小時明亮的白晝中，無法看見極光。唯有第二趟的北極之旅，於深秋十月北上加拿大的北極圈，有機會一睹極光之美。

那年，我參加世界旅遊攝影會的北國之旅，先往魁北克飽覽滿山滿谷楓紅的壯美，再赴多倫多接受尼加拉瓜飛瀑的洗禮。楓紅飽滿的色彩，對比北極的藍與白；瀑布澎湃洶湧的動感，對比北極海與冰的寧靜，彷彿是北出極關前，一縷人間的留連和淨化。

揮一揮衣袖，隨即遠征北極，降落在加拿大最北端的海港小鎮邱吉爾市（Churchill），期待入夜後與極光的第一次約會。從晚上九點半到半夜十二點半最有機會欣賞極光，那一夜攝氏零下二十度，晴空萬里星星滿天，儘管疲憊，在凜冽寒意中，我架起了三腳架和相機守候著，直到夜裡十一點半才看到天際一線幽微魅光，興奮地準備要拍了，它卻俏皮地消失，隔一會兒又遊絲一亮，逗弄我們這些南國來的仰慕者。

幾番飄忽不定，幽幽渺渺，逗得人心癢。受不了寒凍的團員，紛紛收起裝備回客棧，只剩我和領隊吳文欽獨守夜空。寧靜中，月亮在地平線上移動，如此地近，我與月相對互視，像是巧遇天涯知己。約莫凌晨一點半，前方建築物上飄出一縷光絲，擴散，再擴散，夜的蒼穹逐漸染滿了綠色，極光彷彿不負癡等，悠悠婉婉地出現了！

兩個人突然心臟狂跳，我更是激動得連手電筒也找不著，不小心快門線又掉落下來，一陣手忙腳亂，恐怕極光也在偷笑了。折騰一番後終於鎮定下來，捕捉極光無垠的空間，極光也不吝嗇，膨脹到廣角鏡都收納不了。

極光，像夜空飛降一縷霓裳羽衣，又像仙女輕揮彩帶，半透明如紗的青光自在起舞，輕盈曼妙，難怪愛斯基摩人認為，極光是天空中的聖靈之舞。真無法想像，這來自地球之外的訊息，是太陽風無數的帶電粒子流，與地球磁層壯烈地衝撞。在這當下，突然可以領會物理學家頻頻稱噴的物理之美了。

世間一切事物就像極光般，夢幻生滅，變化無常；心念，也是如此地生滅、無常。回顧自己的一生，從小到大歷經的種種變遷，過去的種種如今又如何？全如一場夢幻極光，刹那生滅。

◎當心！熊出沒

回想拍攝極光時，我們整夜專注夜空的變化，卻忽略了身旁致命的威脅——北極熊！當時已是午夜一點，我們並沒有任何防範的措施，如果遇到北極熊，必然陷入險境。事後回想，令人心有餘悸。據說每月約有十隻北極熊，闖入鎮上覓食。為了居民安全，當地居民在鎮外設立數座誘捕北極熊的大圓桶，裡面放肉，北極熊進去時，桶口的柵欄會自動落下，將北極熊關在裡面。這些圓桶則由拖車載到郊外的收容所，號稱「北極熊監獄」，隔天打過麻醉劑後，以直昇機網吊到幾十公里外易於覓食的地區野放。為了安全起見，在夜裡拍攝極光，應攜帶槍枝或軍用雷射光筆、哨子，可以嚇阻北極熊。

青光幽幽灑下，忽暗又忽明，時而集中，時而淡散，色調有時冷豔，有時火熱。極光的美，是如此飄忽清靈，恍如幻影。
數千年來與極光為伴的印地安人和愛斯基摩人，把極光視作靈魂返回天國之路引。

啊！北極熊，一天巧遇七隻

「啊！北極熊。」一鐵甲車上一陣驚呼，幾雙腳在車上左右移動搶鏡頭。

西元二〇〇三年十月，初訪北極圈，一隻步履蹣跚的北極熊，在邱吉爾小鎮附近的海埔地閒晃，這是我第一次親眼目睹北極熊。我們乘鐵甲車往極地邊緣尋覓，倚著鐵甲車上的小窗，近距離拍攝北極熊，欣賞凍土風光與植被生態。北極熊本性並不喜歡接近人，但近半個世紀以來因觀光頻繁，小鎮一帶的北極熊早已熟悉人的氣味，因而減少對人類的敵意，可以乘車近距離拍攝。

三天來出入凍原，只看到五隻北極熊。我看著已經餓了三、四個月的北極熊，楚楚可憐地盼望著溫飽，在這個毫無依靠的荒白凍土上，只靠身上儲存的脂肪過活，一隻隻顯得消瘦，無精打采，或在地上嗅聞動物氣味找食物……，或向我們張望。

有一回，遇見北極熊母子，我們盡情地欣賞牠們嬉

搭乘鐵甲車尋找北極熊。鐵甲車是軍用鏟土機改裝而成，輪胎2公尺高，車身重量平均分佈，輪胎的低壓只比人的腳步略重。它可駛上凍原而不刮傷凍原，因為一旦凍原土受傷，需要好幾年才能恢復。

鬧、打滾、親舔，許多溫馨的畫面。另一次，遇見北極熊身旁跟著一隻迷你的「小跟班」，定睛細看，原來是隻北極狐，緊緊尾隨著北極熊，期望能分一杯羹，撿拾吃剩的食物。這些可憐的北極熊飢腸轆轆，亟需堅冰作為平臺才能捕食海豹，只能等待十一月吧！等待哈德遜灣的海岸結冰，等待海豹群一一回到岸邊，才能順利獵食直到足以過冬。

第二、三趟遊北極，則多是在船上與北極熊相遇。一天，往北極正九十度的路上，船上廣播：「左前方十點鐘的方向有北極熊」。眾所期待的明星終於出現了，大家興奮地拿著相機奔向甲板。為避免驚嚇到北極熊，船長停船並關閉引擎。經驗法則告訴船長，有幾隻好奇的熊，會主動朝著船走來。果然牠們翻動厚重的腳掌，在冰上敏捷而穩重地邁步，讓我們這一團攝影饕客更加狂喜，喀嚓喀嚓的快門聲，響爆在耳膜上。那一天，我們共看見了七隻熊！幸運的七隻！走過這條航線十七次的船長，興奮地恭喜我們：「Lucky 7！太幸運了，一天之內看到七隻，這是少有的經驗。」據他說有幾次航行北極，一隻也看不到！

我們在船上盡情地欣賞海冰上的北極熊，牠們渾然不知自己是最上鏡頭的模特兒。有時北極熊就在船腳下張望我們，或是站起身來嗅聞，不知牠是對人類與大船產生好奇？或是為了尋找船上的食物氣味？

北極熊喜歡獨來獨往，但有一回，我們巧遇兩隻熊。冰層上，一隻母熊慢慢地走近公熊，見牠們彼此嗅聞一番，大概是繁殖期（春季）已過，兩隻熊不來電，只好又分道揚鑣。

也有一回，看見兩隻飢餓的北極熊，遇上一隻比他們體重重三倍的海象。只見這兩隻陸地上最龐大的肉食動物，圍在海象身邊不斷移動腳步、叫囂，看似很有可能瞬間就撲向牠，但是眼看著海象沒有動靜，兩隻北極熊也不敢大意，持續尋找最佳的進攻機會，努力穩住步伐，但或許懼於海象的一對利牙，北極熊最後打了退堂鼓。

而第三趟遊北極，目的是探訪北極熊數量最多的史瓦巴特（Svalbard）群島的斯匹次卑爾根（Spitsbergen）峽灣，但竟然只遇上寥寥的兩三隻。或許熊在這個季節都往北遷了？探險隊長——法國籍的生物學家Delphine說，北極熊夏天仰賴岸邊的海冰，在其中尋找休憩或挖洞產子的海豹，或是尋找海豹的呼吸洞，守株待兔地獵捕浮出海面呼吸的海豹。但如今北極熊覓食之地越來越少，因為絕大部分的海冰都太薄，根本不足以支撐北極熊的體重。

雙方凝神對峙，大戰一觸即發，我們的心跳加快，準備對焦按快門，結果……

我想起在破冰船上欣賞的那幾隻北極熊，見牠們一步步走在薄冰上，牠恐怕還不知道，地球像火爐一樣溫度越飆越高，北極冰層不斷剝落，海冰變得單薄又脆弱，牠終將無家可歸地在海裡載浮載沉。位居食物鏈的最高層北極熊更不知道，生活在這片純淨無瑕的北極冰原，身體內竟已遭有毒化學物質污染，生殖和免疫系統均受到傷害。這些有毒化學物質以多氯聯苯和殺蟲劑所佔比例最多，然而，最諷刺的是，這些污染物質的排放地點，都是在距離北極圈相當遙遠的地方。

北極熊獵捕動物時，成功的機會只有十分之一。覓食困難存活率低，加上地球暖化，北極熊比南極的企鵝生存更加艱困。過去北極圈長年冰層多達百分之九十，如今卻只剩下百分之十九，一年年變薄、變少的海冰，讓夏天的北極熊無法在岸邊捕食海豹，一年之中能獵捕的時間變短，食物不夠填飽肚子，體脂肪僅夠勉強生存，不夠牠們繁殖下一代。儘管在食物短缺的時期，物種保育人員為了保存稀有物種，會在北極熊活動區域附近獵殺海豹，讓北極熊自己找到死海豹充飢，但，仍無濟於事。西元二〇〇九年，哈德遜灣沿岸比歷年遲了幾個星期才結冰，飢餓的公熊竟轉而殘殺小熊或是同類來填飽肚子，同年已知的事件多達七件以上。並且，有證據顯示公熊吃小熊純粹是為了作為食物，而非為了與母熊交配。甚至在有些地方，北極熊闖到人類居住的地方翻垃圾找尋食物，卻慘遭打死。

科學家悲觀地預測，隨著氣候變遷速度加快，在西元二〇一三至二〇三〇年，北極夏天的冰層將完全融化，海平面不斷上升，再不想辦法解決，很快地，北極熊將在我們的眼前消失。倍受威脅的不只有北極熊，人類若無法與萬物和平共處，也將面臨困境。然而，仍有許多人視危機而不見，卻以不同的角度關注北極冰融後的利益，早已有不少國家積極爭取冰融後西北航道的便利，屆時輪船從倫敦駛往東京可節省八千多公里航程，更早已汲汲營營地努力籌畫北極石油的開採。

與棕熊狹路相逢，驚險的一刻

另一趟與熊相遇的經驗，是在西元二〇〇八年七月，我們來到阿拉斯加的卡特邁國家公園（Katmai National Park），阿拉斯加是在一八六七年由俄國以七百二十萬美元的低價賣給美國，當初還受到輿論指責，被認為是買了一座無用的大冰箱，後來才發現這裡有豐沛的自然資源。這次我們為了拍攝棕熊捕捉鮭魚的畫面而來，這裡也正是國家地理頻道拍攝棕熊的地點。我們下榻在國家公園內唯一的小木屋，與棕熊沉浸在同一片美好的大自然裡。

卡特邁國家公園是阿拉斯加最偏遠的國家公園之一，有著名的火山風光萬煙谷（The Valley of Ten Thousand Smokes）和特有的棕熊保護區，保護區內約有二千隻左右的棕熊。布魯克斯河（Brooks River）每年到了鮭魚的產卵期，都有大量的鮭魚逆流而上，而布魯克斯瀑布（Brooks Falls），是觀察棕熊的最佳位置，在這裡，我們以最安全的距離期待著棕熊捕捉鮭魚。

飛機盤旋在阿拉斯加雪山頂，降落在冰雪峽谷中，這壯美遼闊的畫面，讓人體驗到「天地有大美而不言」的意境。

每年七月到九月，棕熊們就在瀑布下守候逆流而上的鮭魚，想趁著冬眠之前飽餐一頓。但是這一天，不知是我們運氣不好，還是氣候環境的改變太大，偌大的河床上，我們陪著棕熊苦苦等候三小時，只見一兩隻鮭魚在熊腳邊現身。最後，竟沒有任何收穫，棕熊垂頭喪氣地往別處覓食，我們也跟著棕熊感到無力。

在國家公園裡，棕熊的蹤影並非寥寥無幾。一天，隊友沈文裕（資深攝影家）一打開小木屋的門，就與棕熊來個大照面，他嚇得大叫一聲，趕緊「砰」的一聲用力把門甩上，棕熊也被關門聲嚇了一大跳，馬上落慌逃跑。資料顯示，熊隨機攻擊人的事件非常罕見，但是，解說員仍然對我們再三交代：如果在戶外與棕熊不期而遇，一定要用眼睛直視牠，然後慢慢地後退，讓路給棕熊，萬一遇到更驚險的情形——被熊攻擊，裝死也可能有效。在國家公園裡，我們剛好與棕熊狹路相逢，一隻母熊帶著兩隻小熊出現在森林裡的石子路上，這真是個驚險的畫面，因為母熊為了保護小熊而攻擊人的事件時有所聞。而更危急的情況是，當時竟有另外一團的團員，為了拍攝棕熊而不顧自身安危，採取近身拍攝的姿態。三隻棕熊被我們和對面的團員包圍，開始不知所措地張望起來，帶領的解說員一見狀，趕緊要我們這邊先撤退，以免發生熊攻擊人的意外。

二〇一〇年七月二十八日在美國黃石公園就曾有露營的遊客被熊攻擊，發生一死二傷的悲劇。其中倖存的佛瑞里（Deb Freele）就是「裝死」才逃過一劫。當時在帳篷裡，他的手臂被熊咬著，感覺快被熊咬斷了，但他想起了裝死的常識，於是忍著劇痛演出裝死劇碼，熊也才慢慢鬆開緊咬著手臂的上顎，結束四十秒的生死關頭。

然而，不幸的是著名的日籍生態攝影師星野道夫，於一九九六年在勘察加半島露營時，遭到棕熊攻擊而罹難。

雖然還是有熊咬人的血淋淋事件發生，但解說員告訴我們，過去二十年來，保護區內只發生過

在布魯克斯瀑布下，耐心等待鮭魚的棕熊。

在國家公園裡，人與棕熊狹路相逢。這真是個驚險畫面，母熊帶小熊時，母熊為保護孩子常會攻擊人。

一次人被熊攻擊的紀錄。儘管如此，遊客也一定要遵守規定，例如，食物一定要包裹妥善，不要因食物的味道而把熊吸引到人類活動的區域，吃東西時也務必在規定的地方，以保護自己的安全，若在野外遇見棕熊，也一定要處變不驚，沉著應戰。

阿拉斯加之旅，讓我有機會乘坐飛機，從空中俯瞰北美第一高峰麥金利山脈（Mt. Mckinley），感受高山磅礴巍峨的自然奧妙。飛機降落在歷經千萬年擠壓形成的冰河大地，冰川之美壯觀無比，我拿出旅行必備的泰迪熊拍照留念，一同感受這難得的景致。

與野生動物長時間相處，
將改變對生活遠景的觀點

北極海一片荒冰，景色與生態單調。最精彩的莫過於北緯八十度一帶，多變的環境孕育了豐富的生態。

世界最北的陸地史瓦巴特群島，也是世界最北的殖民地，隸屬於挪威，總人口只有二千多人。北緯七十八點三度的首府長年市（Longyearbyen），位於斯匹次卑爾根峽灣邊，冷清得只有一條街。附近的房子漆著紅、橙、翠綠、海藍，整齊排成一列，鮮豔的色彩溫暖了冰荒野地的單調，遠遠望去，像是繪本中的童話小屋，令人莞爾。

史瓦巴特群島一帶，是北極熊出沒最頻繁的地區，我們乘著小艇，繼續跟隨法國籍探險領隊Delphine沿著峽灣航行，追尋熊跡。雖然此趟只看見寥寥幾隻熊，但北國

豐富的動、植物生態教人驚歎。小艇隨著海浪的旋律飄搖，我們順勢欣賞著壯麗的摩納哥冰河（Monaco Glacier），海面平靜如鏡，倒映著蔚藍的天空，感覺有如幻影，卻又真實存在。三趾鷗（Black-legged Kittiwake）悠游波光水影間，隊員衣著的鮮艷色彩倒影如水舞，妝點著這片寧靜的世界。寧靜中，偶爾傳來一陣冰塊的迸裂聲，緊接著，是嘩啦啦水花四濺的聲音。

每天搭乘小艇巡遊，都有意想不到的驚喜，各種鳥兒從天飛過，與我們一同遨遊冰海，海象慵懶地享受日光，偶爾可見北極熊在小島上漫步。最讓人驚豔的是一座海鳩（Guillemot）棲息的「摩天城堡」，我仰望六十萬對海鳩，塞滿高聳崖壁中的岩縫，吱吱嘎嘎的鳴叫聲，震天迴響。據說，海鳩的蛋逐漸演化成梨形，才不易因滾動而落海，卻防堵不了山崖的另一面，可能會有北極狐悄悄地來偷蛋。低下頭來，只見北極鷗（Glaucous Gull）正在崖底享用美食，想必牠是趁小海鳩從岩壁飛落時，迅

60萬對海鳩棲息的「摩天城堡」，高聳崖壁中的岩縫塞滿了鳥。當牠站在浮冰時很像企鵝，雖不擅長飛行，但卻是潛水健將，最深可潛至100公尺深。

速劫持。

我們登陸安多雅（Andoya）苔原之島漫步，探險隊長一路為大家解說地貌及生態。大家亦步亦趨跟進，隊伍前後各有一人荷槍實彈保護，可千萬不能自由行動，因為北極熊隨時可能出現！我們踩在永凍的土地上，燦爛的陽光已褪去了地表的冰雪，苔原換裝成綠色青苔衣裳，生機遍佈，迷你的小花草抓緊了短暫的夏天成長開花，世界最小的樹（*Salix minuarfa*）努力吸收營養，只長兩公分就開花了。我們腳底下的土地底層終年結冰，不久後冬季來臨，整個苔原都將被冰雪覆蓋，又恢復一片荒涼，周而復始地生生滅滅。

有一次，看到皚皚冰雪上一團腥紅殘體，怵目驚心，那是遇害的北極熊的殘骸，飛鳥正在啄食牠的內臟。弱肉強食，生物界的食物鏈，有其令人黯然的幽暗。

另有一件印象深刻的事，是有一回我在小島上拍照，被鳥攻擊！那是因為我不小心驚擾了地上正在撫育幼雛的母鳥，牠振翅疾速飛起，來勢洶洶地朝我衝過來。我專注於攝影視窗的方寸間，對身處的險境渾然不察，母鳥竟怒氣沖沖飛攻我的頭部，直到拍翅聲在耳邊響起，我霎時警醒，才閃躲過了一劫，心中懷著父母愛子女的同理心，目送母鳥飛回巢保護牠的幼鳥。

探險隊長從血腥的畫面上推斷，如果我們提早一個小時抵達此處，有可能見到幼熊被啖食的鏡頭。

苔原之島漫步，探險隊長為大家解說生態和地貌，左下角戴著白帽的工作人員荷槍實彈的保護團員，因為北極熊隨時可能出現。

郭清隆 攝

郭清隆 攝

忘情拍照的我，因為靠近正在孵育幼雛的
一窩鳥，險遭母鳥攻擊。

我們也曾巧遇兩隻馴鹿，忙著在短暫的夏天啃食地上的青苔。想起了影片上曾看過馴鹿每年一次的遷徙，牠們邊走邊吃日夜兼程，向北方行走長達數百公里，這畫面該是多麼壯觀。但是，我們人類造成的全球暖化，卻讓北極地區的溫度節節上升，使雨季加長、雨量增加，苔原變得更加泥濘，屆時更不利於馴鹿的遷徙。

一趟豐富的生態巡禮，讓人感動於生命的美好。我們的探險隊長是生態學碩士，她曾說：「在地球上，僅少數淨土之一的環境下，與野生動物將近十八個月的相處，將改變你對生活遠景的觀點。」的確，親身走一趟北極，親眼目睹北極的壯美，親自感受在這般生存條件惡劣的環境

北極馴鹿公母都有鹿角，為適應北極的氣候，耳朵和尾巴變短以減少體溫流失。

大西洋善知鳥（Atlantic Puffin）嘴和
腳的色彩鮮豔。牠們是潛水高手，可
下潛至70公尺深去抓魚。

中，牽一髮而動全身。每種動植物都把握著僅有的機會，努力地存活，生命的堅韌著實教人感動，也讓我深刻感受佛法中的「眾生平等」與「因果律」。如果我們繼續以人類為中心，無法謙卑地與世間萬物和平相處，只顧短期經濟利益，犧牲動、植物等生命的生存權利，而冰蓋融化和化學污染的現象得不到控制，那麼北極熊和北極的所有動植物，都將成為一種傳說，那麼人類又將如何呢？近年來的水患、天災不斷，不正就是大自然的反撲結果？

黑足三趾鷗喜歡群棲在冰河附近。

鬍海豹是北極圈裡體型最大的海豹，體長260～280公分，體重約400公斤，喜歡獨自躺在浮冰上。（上圖）
海象有5公分厚的皮層，且具有銳利的尖牙，北極熊不敢招惹牠。公海象的牙可長達100公分。（下圖）

北緯八十度，天堂般的幸福之地

北緯八十度，地球儀上沒有標示線與數字的地帶，但它真實的存在。在這個區域的國度裡，以「天堂般的幸福之地」來形容，絕非誇大之詞。而它們的居民，則是我眼中的「天命之民」（The Chosen People），在這擾攘的世界裡，北國的居民與土地，創造了一處淨地，讓旅人放鬆、沉澱和省思。

因萬年前的冰河作用，造成了北緯八十度的國家擁有多山、多峽谷和多瀑布的環境。冰河峽灣最美的挪威，可見證冰河的歷史演變，像是哈丹格峽灣（Hardangerfjord）仍未消融的冰河，仍覆蓋著萬年皚皚白雪；乘船漫遊世界最深、最長的松恩峽灣（Sognefjord），青綠色的水面平靜無波，兩岸的峰巒起伏，斷崖峭壁處處，讓人不難想像：在一萬年前冰河時期，大量冰塊由高山上滑下，是如何地將山壁侵蝕而成了峽谷。

曾連續四年「幸福指數」排名第一的挪威，不僅峽灣風景讓人心曠神怡，挪威人民的素養，也讓人深深感受到幸福。

從蓋倫格峽灣（Geirangerfjord）到Andalsnes的黃金之路（Golden Route）一帶，時而經過峽灣，時而越過高山，絕美的景色動人心弦。來到崎嶇的精靈之路（Trollstigen），連續十一個陡峭彎曲的髮夾彎，迂迴不斷，其驚險可比擬於西藏的川藏公路，尤其大型巴士行走更加困難。不料，我們的遊覽車在轉彎時險些掉落懸崖，卡在崖邊進退不得，阻擋交通長達五個小時。許多車子在山路上排成蜿蜒的一長列，但挪威人不按喇叭也不圍過來看熱鬧礙事，反倒有許多人來協助想辦法，連路過的腳踏車騎士也熱心地幫忙搬走石塊，讓人見識了挪威人的國民素質。

北極圈80度一帶，因冰河作用，地形崎嶇，形成多山、多峽谷、多瀑布的環境。

精靈之路豈止九拐十八彎，許多驚險的髮夾彎在上下起伏的山中盤繞，處處驚險。有時小橋跨越極深的溪谷，谷底的雪水嘩嘩怒吼，極為壯觀。

挪威的人生公園（即威格蘭雕刻公園〔Vigeland Sculpture Park〕），也讓人驚豔。這座公園反應了挪威人的生活哲學以及生命的寬度。藝術家威格蘭費時三十五年，雕刻的二百一十二座雕像，每座都富有強烈的張力，我很享受在這兒悠然地欣賞生命的縮影，從嬰幼兒、青少年、成年、到老年人的裸體雕像，將人生的喜怒哀樂愛惡欲，刻畫得淋漓盡致。整座公園就像一本無字經書，讓人體會生命循環的本質，正如佛教的根本思想：「苦、空、無常、無我。」

人生公園裡的每一件雕刻作品，都引人駐足深思，值得安排長時間停留欣賞。其中最引人注目的「人生柱」高17公尺，一整塊花崗岩雕刻出212個男女老幼，將人生的生老病死、沮喪、希望……刻畫得精彩動人。

冰島，則是一個冰火相融的世界。正如其名地有許多「冰」覆蓋大地，是世界第三大冰原。萬年不化的冰雪之外，更有兩、三百個火山和六百多個溫泉，是全世界火山地熱活動最活躍的地區，也是全世界溫泉最多的國家，簡直是座自然天成的「冰火主題公園」。因地熱豐富，因此氣候比鄰近國家溫暖，四處可見如茵的青草和翠綠的農牧場。

世界知名的藍湖（Blue Lagoon）溫泉，是體驗冰島地熱的最佳去處。有趣的是，這個長年被蒸氣籠罩的溫泉，其實並非「天然」，而是不小心「誕生」的人為產物。因附近的發電廠汲取地下極高溫的熱水運轉渦輪，最後將發電用的熱水經過降溫後，注入這片凹陷的火山岩

冰島的史托克間歇噴泉，每7、8分鐘噴發一次，高竄30多公尺。醞釀時間愈久，噴發高度也愈驚人，最高紀錄有80公尺。

中，沒想到熱水融解了岩石中的礦物質，讓水變成了幽藍色，成了冰島人和各國旅客的最愛。將天然的白矽泥塗抹臉上，浸浴恆溫攝氏三十七度的地熱水中，可養顏美容，天然景觀讓人更加舒暢，舒服得不想爬起來。

冰島的火山活動，最有趣的是蓋錫爾地熱區（Geysir）的多

張隆盛攝

座間歇噴泉。其中爆發力最驚人的是史托克間歇噴泉（Strokkur Geyser），每七、八分鐘噴發一次，一開始，只見地上有個安靜的大坑洞，接著是「咕嚕、咕嚕」的聲響，不斷變大再變大。緊接著，滾熱的水柱隨著四起的驚呼聲，竄起三十多公尺，飆高再飆高，然後倏地消失，過程僅僅幾秒中，眼睛眨也不敢眨，引頸期待著下一場的演出，醞釀時間愈久，噴發高度也愈驚人，最高紀錄有八十公尺高。

「冰火交融」的冰島，有地熱也有冰原。其中Hofsjokull和Langjokull兩座冰原的雪水形成的古佛斯瀑布（Gullfoss Waterfall，又稱黃金瀑布）氣勢磅礴，瀑布區域廣大，在短短數十公尺內的斷層上，形成直角約九十度的兩道大瀑布，水聲轟隆

天氣晴朗時，古佛斯瀑布因光線透過瀑布的水氣，形成金黃光芒，所以又稱黃金瀑布。瀑布上經常可見彩虹。

隆震天價響，激起的水霧飛揚，天氣良好時幾乎隨時能看到彩虹，壯觀極了。

但不幸的是，自古以來惠澤冰島人的地熱，也帶來了天災，今年艾雅法拉（Eyjafjallajokull）冰河火山突然爆發了。岩漿衝破兩百公尺厚的冰層，導致冰河融化，火山灰噴發至一萬多公尺的高空，造成全球航空大亂，引發難以估計的損失。火山灰不但對歐洲北部造成污染，更使得冰島的天空蒙著濃厚的灰霧，阻擋陽光照射，將使冰島的溫度下降。

在此天災之前，這座曾是全球最富足的小島國也遭遇了人禍，西元二〇〇九年歐洲爆發經濟危機時，冰島因為積欠英國大量公債無法償還，使得國內幣值急速貶值，二〇一〇年，冰島不得不宣佈破產，許多國民的生活也陷入困境。在前幾年全球金融體系充斥廉價資金時，冰島的銀行過度借貸便宜的外幣，在海外大舉投資想要利上滾利。沒想到一時的貪念，為冰島的不幸埋下無法改變的惡種。

人們總形容冰島是「冰與火交融的世界」，我卻深深感嘆，在金融及天災之下，冰島人民的生活真正進入冰與火的雙重磨難。美麗的島國，和善的人民，我實在不忍心把這個事實和他們聯想在一

乘船在冰海中漫遊，欣賞陸地風景和冰川，是旅遊格陵蘭最愜意的活動。

起。

格陵蘭的冰河、雪原，一望無際，那是千億年的寂靜。海岸邊，琉璃藍的浮冰漂浮在深藍大海上，宛如夢幻仙境。

初夏時，由飛機上向下俯瞰，視線所及的範圍內，除了小部分自冰封中露臉的褐色和綠色凍土，在深藍色的海水環繞下，白色是唯一的色彩。當飛機將降落，白色冰原出現了五顏六色的小房子，替白色大地妝點了活潑的色彩。

世界第一大島格陵蘭，面積是美國本土的四分之一，大部分的土地位於北極圈之內，約有百分之八十的土地被冰雪覆蓋，是世界第二大冰原。我問過許多人，幾乎有一半的人都以為格陵蘭是個國家，事實上，格陵蘭屬於距離二千公里之遙的丹麥領地，但已在西元二〇〇九年成立了自治政府。

乘坐紅色的小船航行，點綴著卷積雲的天空，和海水幾乎一樣地藍，這是過去在精美的月曆中常見的風景，而我正置身其中。水面平滑如鏡，倒映著露頭的岩山和天空，形成萬花筒般迷幻的圖形，讓人一時不知道何者為虛，何者為實。除了偶爾穿行浮冰之中，船身發出了磨擦的「嘎吱」聲，天地一片寧靜。對於都市人，這是一個自自然然就能沉思冥想的地方。

遺憾的是，當地人告訴我，以前夏天整個海面都是浮冰，但近年因全球暖化日益嚴重，夏天時浮冰融化很快，冰河的河床也後退了。

格陵蘭看似一個中間高，四周低的大島，實際上正好相反。島中央有三千多公尺高，部分冰層的厚度更達三公里，島中央因受到冰原的壓擠，土地已凹陷到接近海平面，使得島的四周隆起，成為環島山脈。這也正意味著，倘若格陵蘭的冰原全部融化，將會成為一個像甜甜圈狀的湖島。而它的冰原占全球淡水總量的百分之十，根據科學家的估計，如果這些冰原全部融解，足以使地球海平面升高六點五公尺。

以前格陵蘭沿岸附近的海面都是浮冰，但因全球暖化使夏天的浮冰迅速融化，冰河也後退了。

冰海荒原中，
赤子之心坦然釋放

北極之旅，來自世界各地的團員有教師、科學家、生物學家、醫師、畫家、大企業家，甚至是美國眾議員，大家齊聚一堂，其中不乏閱歷豐富、叱吒風雲的佼佼者。回想多次乘船破冰長征極地，目睹浩瀚無垠的大冰洋，讓人感嘆世界之大，然而，在冰海荒原中，人與人之間的距離卻是那麼地近，每個人坦然釋放赤子真情，也許，正因這裡擁有著強大的磁場，彰顯了人類返璞歸真的心。

我印象深刻的人物之一，是第二趟長征北極正九十度時，俄羅斯核子動力船YAMAL號的船長Alexandir Lembrik。瀟灑內斂的他，總是彬彬有禮，說話帶點官方的客套和謹慎，有時候甚至是實問虛答。有一回團員問他：「戈巴契夫在俄羅斯的聲望如何？」他技巧地反問：「你說呢？」然後才說：「政治人物總有好的一面和不好的一面。」有人問他：「你長得英俊瀟灑，萬一有工作人員愛上你，怎麼辦？」他淺露笑意地答：「但願我有這個機會，我不會拒絕。但是，我五十一歲，太老了，會有人看上我嗎？」

南北極之旅常遇喜愛畫畫的團員。站在
冰冷的雪地作畫，將眼睛所見一筆一畫
的記錄下來，印象更是深刻。

船長的性格，正是俄羅斯人的典型代表，深沉而內斂，帶有另類的黑色幽默，不像老美浮躁而誇張的幽默方式。他知道我寫過一本《夢想南極》的書，特別邀請我去艦橋參觀，為我解釋儀表板，並親自教我如何「掌舵」，還請副船長為我拍照，這種禮遇，令我受寵若驚，也讓我見識到他熱情的一面。過去，很多人把俄羅斯人視如北極熊般地囟悍，與船長近距離接觸，才澄清長久以來的偏見。

第二個令我印象深刻者，是此趟旅行的探險隊長，加拿大籍的Laurie Dexter，最讓我驚歎的紀錄是在他六十一歲那年，帶領十二名團員，以四個月時間徒步橫跨北極圈，從加拿大走到俄羅斯在北極的基地，其中一名團員甚至因凍傷而鼻子潰爛。這趟光榮的壯舉，曾獲戈巴契夫總統接見。但他最遺憾、也最幸運的是，長達四個月的北極行腳，竟沒有遇見一隻北極熊！他第二項傲人紀錄是，曾經二十四小時不眠不休地騎自行車，沿途只喝水不進食。

親身接觸這位探險家，讓我生起一股崇敬之心。或許是探險家的意志力令人懾服之故，況且崇拜英雄是人類的天性啊！他們做到了一般人做不到的事，成為眾人精神上的力量，以及追求的目標。

探險旅行，
我的超越與重生

破冰船像一座孤島，隨著海浪飄飄搖搖。眼前這片北極冰海，不正就是所謂的「天涯海角」？放眼望去，迎著冰冷海風，悠然獨立，自然有一份清洗沉澱後的情思。我常思考，為什麼我會站在這裡？在這一片汪洋冰海中？

我愛旅行，骨子裡填滿了探險的基因。旅行「Travel」這個字，拉丁文的字意包含「hard work」與「rebirth」的雙重意涵。旅行於我，是一件辛苦的工作（hard work），我習於從旅遊中的艱苦與經歷，深入地回顧與反省這一生，探索自我的弱點，不斷地追尋重生（rebirth）。

是我的母親，把探險的基因，遺傳給我。

我的母親，既傳統，又超越傳統。早在七十年前，年方十八歲的母親忍下心把三歲大的我留在台灣的外婆家，獨自一人遠赴日本東京昭和藥專留學，只為了追尋夢想。那時，在船上望著大海的母親，不知是何等的心情？她，流下了眼淚嗎？

母親多才多藝，當過教員，開過藥廠，而且廚藝一流，有時我懷疑她上輩子是西方人，因為她只喝咖啡當飲料，而且不吃稀飯。

她永遠在學習新的事物，絕不停滯。她六十二歲移民美國，開始學習繪畫和雕塑，並在洛杉磯的繪畫比賽中得到第二名，由她初期的油畫，成熟的技巧和色彩運用，竟然看不到新手的生澀。我的母親個性豪爽，喜歡購物和餽贈親友。她往生後，我在她房裡找到了八十七個包包，百多條圍巾。我那好脾氣、勤勞、簡儉的父親對她一向包容，不但容忍她滿屋子的色筆、顏料，還支持她買電窯從事陶藝創作。

這一生，我從未見母親流下一滴眼淚，即使在父親與妹妹的告別式中，也僅止於雙眼濕潤。在母親患大腸癌的那段日子，她若無其事地照常生活，從不向人訴苦，即使她逐漸衰弱舉步維艱時，仍婉拒女兒協助上洗手間。

母親生財有術，家裡的經濟多半仰賴母親，她為事業鍥而不捨，但也懂得犒賞自己。四十年前，她運用父親的退休金湊足了二十四萬，一次全數花光，只為追逐夢想——環遊世界三十天。那二十四萬，對於那時剛大學畢業的我來說，必需不吃不喝地工作十二年才能賺得。

母親遺傳給我勇於嘗試、追求夢想的基因。然而，更讓我感動的是父親給予我的——慈悲的身教。表面樂觀的父親，一生任教於中學，他總是笑臉紅潤，學生都稱他「不倒翁」，但實則抑鬱不得志。在家族同輩中，他的兩位堂兄都是當時台北帝國大學（現為台灣大學）的醫學博士，不但自己開醫院，事業還擴展到中國武漢。父親不但屈居堂兄弟們的光采之下，在自己的小家庭中，他也不及母親事業上的活躍。但是，他的慈悲，讓學生們一生感念，讓我願意來世再生作他的孩子，孝敬奉養他。

除了教學，父親更注重生活教育。父親是我的太太Sumi的中學導師，Sumi常與我聊及，很懷念中學時代週末看電影的日子。父親每回看過好的電影，便會替學生談半價優惠電影票，到了週末，領著全班學生去看電影。在過去以打罵教養的年代，我經常看見堂兄被伯父抽皮鞭，甚至聽說過堂兄曾被伯父將頭壓入水缸中。但我這輩子，父親從未打過我，他尊重孩子的選擇，我相信，這深刻地影響了孩子們的性格發展。

父親也很孝順，儘管祖母始終較偏袒伯父，但卻是由父親奉養祖母。有一回，我們陪祖母去南投中興新村接受全省模範母親表揚，回家後，父親因為尊敬兄長，把全部的獎牌與錦旗都送交給伯父。後來，遺產也全由伯父分配，在諸多名貴的古董、家具中，父親只取了一口老鐘，母親為此非常不悅，認為犯了習俗中「送終」的大忌；但看在我的眼中，父親此舉彷彿是在教導我要珍惜人生和光陰，而他所表現出來的灑脫，對我後來的影響也很大。

他往生後，我才從鎮公所那兒得知，幾十年來，他把每個月學校配給的白米、食油全都捐獻出去

母親62歲開始習畫，作品堅毅
中藏著溫柔。

送給遊民，他的無緣大悲及默默行善的人生，深深影響了我。

出門在外倍思親人，每每想起了父親，如果他還在世，一定要帶父親來此一遊。可惜子欲養而親不待的遺憾，總讓我潸然落淚。在船上欣賞著極地美景，我又思考著，為什麼我來到了這裡？感謝極地賜給我最美好的生命禮物，但我能回饋給他什麼呢？

我所乘的破冰船行駛在大海，必會對海豹、北極熊，甚至是看不見的、更多種的生物的生活帶來或多或少的影響。在南極時，在破冰船上也常見浮冰上的企鵝們慌張地逃跑，讓我不禁省思到觀光旅遊有時對環境也是一種傷害，甚至曾看見船員刷洗輪船機具後，將大量烏黑的廢油直接傾瀉冰海中。

過度的觀光是對環境的耗損，如果能限制造訪極地的人，以特定目的提出造訪申請，或對極地以研究、報導等帶有正面意義的目的前來，而不只是觀光享樂的消耗地球。

幾趟的極地之旅，清淨無污染的視野，洗滌了視網膜，也過濾了心靈。今日的北極海是否一如洪荒初創的原始風貌，誰都不知道，但可以確定的是，這裡絕少受到人類文明的污染。所幸，地球上還有兩極淨土，是我們可以引頸回歸的原始聖地。佛言：「心淨，國土淨。」但是，一介凡夫如我，要得自淨其意，談何容易，只好長征無塵之境，在純淨壯闊的大自然中，從國土淨，反求心淨。天地八方開闊，只有皚皚白雪將身依託在靛藍沉靜的北極冰洋上，我將一切攝入廣角鏡頭，也存入我心底。

這片冰雪封印的白色大地，百萬年來，依循著它特有的節奏，孕育了豐富精采的生命。如今，這寂靜的大地，卻留下全球暖化最深刻的痕跡。在不久的將來，北極夏天的冰河將全部消失，依賴浮冰生存的物種也將全數滅絕。極地的美，深深地烙印在心田，面對如此無奈的環境，每個人都應更努力節省資源，愛護地球，才能留住這清淨無染的一幕。願極地的冰清聖潔，沁入人心，永遠作為世間的美好資產。

面對大自然，唯有謙卑

北極是一個由陸地包圍海洋的區域，終年都可看見白茫茫的一片冰封雪地的景象，放眼一望似乎是一個死寂的蠻荒之地，但是其實北極的動植物種非常豐富，不但有許多海洋生物，苔原上的植物更是千奇百怪，風景多采多姿，北極，正是一個如此能夠洗滌人心的極境美景。

我在北極真正體會到人面對大自然時，必須帶著謙卑的心。謙卑是一種柔和的心，位在環北極的國家，很早就知道這個道理。例如芬蘭人深刻了解到大自然的力量，他們懂得平衡產業發展與環境保育，過去半個世紀以來，芬蘭的森林面積逐漸擴大，不減反增，這一切都歸功於他們每砍一棵樹，就必須再栽種三棵樹的法規。尊敬自然，正是北歐國家進步的動力來源。

北極的冰廣闊、神祕而古老，並且保留最原始的樣貌。去一趟北極，可以說是享受了心靈的淨化，畢竟人都是源於大自然，並且渴望接近大自然的。希臘有一座戴爾菲神殿，供奉阿波羅神，神殿上銘刻的第一句話，即是「認識你自己」。因為多數人所認識的是假我，偏離了真實的自己。禪宗教人參究「本來面目」，識心達本之後，就沒有所謂世法、佛法、煩惱、菩提等等分別心的產物。人總是在返璞歸真之後，才能夠真正看透自己的心思，並且開始反省自身。只有向內心深處發掘，才能找到真實的自我。

地球的資源雖然豐饒，卻滿足不了人們貪婪的慾望。古代人得克服困苦的環境，努力生存下去。現代人則依循貪婪的慣性，對地球予取予求，造成環境的破壞與污染。眼見北極熊花了很久的時間狩獵，卻一無所獲，敗興而歸，令人感慨萬千！

須知大自然反撲的力道十分恐怖，人類一定要懂得謙虛，才能與大自然和平共處，並且尊敬它。哲學家蘇格拉底說：「我唯一知道的，就是我的無知。」正是我們所要學習的自省精神。

05

在險惡與美麗之間學習謙卑

沙漠——陸上的海洋

澎湃洶湧的沙浪蠻橫而來。一陣風吹過，沙漠瞬間變了樣貌。
它的美，美得讓人不自主的想接近，而暫時忘了那些柔美、幻變的光影背後，潛在的危機。
或許，正因為沙漠的危險，讓人更加的謙卑；
沙漠的曠與野，吸引人去探索未知的極境；
沙漠的虛無與寧靜，讓人親近孤獨。美學大師蔣勳說：
「孤獨是一種沉澱，而孤獨沉澱後的思維是清明」，
從孤獨中，因而照見自己的心，看見生命的美麗。

沙漠越貧瘠，
越感受生命的奢侈

遠遠望去，一波波起伏的沙山，如靜止的波浪。我背起相機扛著三腳架，一步一腳印，在沙地上留下一行又一行的痕跡，這些腳印能保留多久？熱風襲來，吹皺了雙唇，回頭望去，印痕早已經消失。

蒙古巴丹吉林的黑城是西夏古都。相傳黑城由黑將軍駐守，敵軍攻城時，堵塞額濟納河支流以切斷水源，黑將軍率眾死戰，直至儲水乾涸。

沙漠的印象，多是荒蕪、蒼茫和死寂，而史詩中的沙漠則是淒美的，吸引人想一探究竟。這些年來，為捕捉曠野的美，我帶著第三隻眼，遊走世界的幾處沙漠，雖然無法騎著駱駝，伴著駝鈴聲走進大漠深處，體驗絲路古道的淒美意境，僅止於車能抵達之沙漠，將之攝入鏡頭，卻也不禁連連讚歎，它的美，完全超乎了想像。

每個沙漠，各有它獨特的美，並且充滿了迷幻的氛圍。

新疆的沙漠——世界第二大的塔克拉瑪干沙漠，大唐和波斯的客商往來，駝鈴聲不絕於耳。

內蒙古的沙漠——世界第四大的巴丹吉林沙漠，站在世界最巨大的沙山前，五百多公尺的落差震撼人心。

神祕的西夏黑城，殘留的佛塔記錄了在這片穆斯林之地的世代更替。

沙漠一如海洋，在種種挑戰與危險中，它讓人學會在大自然中更加謙卑。

西藏的沙漠——世界上海拔最高的小型沙漠，藏在冰凍的雪域高原中，沙漠背後是高聳的山巒疊嶂，攀高再攀高。

印度的沙漠——散發濃郁的中世紀情調，印度教的傳統文化與伊斯蘭文化融和。

非洲的沙漠——世界最大的撒哈拉沙漠，流傳著作家三毛的浪漫故事，數百年來，旅行家與科學家的探險故事不斷。

沙漠，是生命的反面。有時，我蹲踞沙地上，拍攝難得遇見的小草；有時乍見一堆駱駝白骨，殘缺的散落黃沙上。不禁感慨，在這裡，一滴水、一株草都不吝於露出生命的蹤影。

莊子曰：「道在稊稗。」稊稗指的是一種小草。我真的深刻地感受到沙漠上小草的生命力。小草可以生

塵歸塵，土歸土。當人死亡後
也只剩一堆白骨，回歸大地。

駱駝隊的剪影在彩霞中慢移，
彷彿帶人重返古絲路的盛況。

長在看似毫無水份、養分的大漠之中，即使整個夏季都受到太陽的高溫炙烤，依然保持青綠色，為荒漠帶來一絲生命的希望。

在冬季，小草即使被大雪包裹著，仍然是直挺著身子，耐心等待雪融的那一刻。沙漠中的一小株草，竟然如此堅韌，如此令人動容。我喜愛沙漠旅行，它的貧瘠，總讓我深刻感受到現實環境的奢侈，以及生命的奢侈。

沙漠，對一般人而言是遙不可及的未知與陌生，但在地球上卻絕對是個巨大的存在，佔了陸地的三分之一。相對於南、北極旅行時所感受的大海茫茫，眼前這些浩瀚無邊的沙漠，比起大海卻又只是一小塊；沙漠與海，相對於宇宙，更只是一粒微塵。那麼，人又是何其渺小？

時間在風沙烈日中，變得又乾又緩。生命力卻如沙地野草般，堅忍地生存著。

塔克拉瑪干維吾爾族語是「進去出不來」的意思，人們稱之為「死亡之海」。東西長約1000公里，南北寬約400公里。

一陣風襲來，所有生命消失無蹤

沙漠的美無法準確地形容，它的美麗中帶有殘酷。如我一介都市人，把荒蕪看作美，把孤獨當作美，對於在沙漠中努力求生存的人與物，或許是很殘酷的。然而，沒有苦痛，沒有孤獨，生命也就無法展露它的完美。鏡頭下的沙漠，大部分被土黃色與黑色填滿。風是沙漠的畫筆，在大片土黃色中，長年累月畫出了各種浪紋，有時大筆一揮，大色塊組合出巨浪般的大沙山，高數百公尺；有時以工筆畫精雕，如靜謐湖面被微風輕拂的小漣漪，呈現沙漠細膩的一面。因光線的變幻而形成長長短短、大大小小的黑影，更突出了沙漠的美。

我拍攝著沙漠中一幕幕的變化，想起在旅遊極地時，船過水無痕；而在沙漠，卻是走過沙無痕，所有的腳印、所有的痕跡、甚至所有的生命，只要一陣風襲來，都可能消失無蹤。細沙塵被風吹起又降落，流動的沙山，周而復始地遷過來，又移過去。有時，遇上一個絕美的畫面，想要用鏡頭捕捉，過了半晌就被沙淹沒；有時，正在拍陰影的美，想換個角度再拍，游移頑皮的雲朵馬上就遮住陽光。

一而再，再而三地，沙漠用瞬息萬變的風情，吸引著注視的眼光，挑撥人類的創意想像，這稍縱即逝的美，到底是真實的存在？或只是心中的假相？正如《般若心經》所言：「色即是空，空即是色」，世間一切「色相」都是「空無自性」，萬物只是一堆現象的因緣聚合而已。

駱駝隊拖著長長的影子走在荒漠，一幅古絲路氛圍的美景，是少不了的經典畫面。在新疆、蒙古拍攝這畫面時，沙漠是真的，駱駝是假的。因汽車的取代，駱駝已失去傳統搬運的用途，而成了每雋索費一百元人民幣的活道具，隨我們的攝影團擺布。這樣的美，或許就像電影，提供觀眾想像古絲路的媒介，但換個角度來看，這種營造出來的畫面，卻也是種虛假的美，虛幻得如曇花一現，無法長久感動人心。拍攝駱駝隊的同時，我思考著，攝影者透過鏡頭，觀察一件事物而看到了生命，透過拍攝的角度而看到了全世界。什麼樣的照片能感動人？多半是照見人性的光明與醜陋的影像。人類追求「真、善、美」，「美」之所以排在最後，乃也因為在追求美的同時，「真」與「善」是過程中更重要的原則，真之後才有善，有了真與善，才會感到美。而缺乏真的善，是偽善，沒有真與善的美，都只是外在的美，就像整型手術，注重外在的包裝，少了內在的美，只剩矯揉造作。

中國大陸殿堂級畫家，九十歲的吳冠中，西元二〇一〇年六月二十一日逝世。吳冠中在生前取得藝術成就後，一方面說：「我負丹青。」覺得自己搞了一輩子丹青，卻有太多不滿意的作品。一九九一年再度燒毀兩百多張作品，以他的名氣，任何一張都價值數百萬，但他忠於藝術，忠於自己，自己不滿意就燒毀，完全不以金錢為考量，以臻名實相副，令人由衷欽服。

另一方面，他說：「丹青負我。」因為到晚年，他覺得繪畫技術並不重要，內涵才最重要。繪畫畢竟是用眼睛看的，具有平面的局限性，許多感情都無法表達出來。不像文學那樣具有社會性，才說：「我不該學丹青，我該學文學，成為魯迅那樣的文學家。」

這也讓我反思攝影這檔事，一般攝影教學多止於技巧傳授，但，如何在攝影中傳達內涵，才是更需要學習的。而攝影者之間，常常在鏡頭長短、相機功能上較勁，然而，一張賞心悅目的照片，背後到底在詮釋什麼？能為人帶來什麼啟發？一般的攝影教學並沒有適當地揭示出來。

對於攝影，我相當讚賞攝影大師柯錫杰所說的，「懂得攝影技巧並不是學攝影的第一步，什麼是你自己的眼光、自己的美感，那才是最重要的。如何培養、充實自己的內涵，這是攝影作品走向藝術作品的第一門功課。」

風是沙漠的畫筆，有時大筆揮灑出巨浪般的大沙
山；有時以精細工筆精雕成水面般的小漣漪。

看不見的，不一定不存在

除了基本的黃與黑，沙漠更以多變的色彩，呈現它不同的面貌。我們經常摸黑「早出」，又摸黑「晚歸」，趕赴初陽升起後，與夕陽落下前的攝影「黃金」時段。日出與日落時溫暖的光線，把大地渲染成金黃色澤，沙丘的紋路被陽光照射後，拉出黑黃分明的立體感，優美的光影蘊含著生命的躍動。

沙漠的美，眼見為憑。有一回在內蒙古的巴丹吉林沙漠，拍攝駱駝隊走在黑黃分明的沙丘間，被陽光拉長的影子，恰如其分地落在適當的位置，真是美極了！然而，直到照片沖洗出來，十幾位攝影團友中唯獨我這張，竟出現了一道道金黃色的光束，像舞臺打燈一般，落在駱駝身上！人說「眼見為憑」，但這畫面讓我深深

內蒙古的巴丹吉林沙漠，駱駝隊
被夕陽拉出長長的影子，美極
了！然而直到照片沖洗出來，竟
出現了像舞臺打燈般的光束。

震撼：世間的萬事萬物，看不見的，一定不存在嗎？

有時候，沙漠呈現一整片的紅色，那紅色，也是肉眼看不見的。在新疆克拉瑪依沙漠，我們半夜摸黑，偷偷地爬過刺鐵絲網，闖進油田的員工宿舍後頭，只為了利用夜晚時，油井燃燒廢氣的火光映照沙漠，以不同的效果詮釋沙漠夜晚的美。那一夜整整三個多小時，像是作戰一般，專心守候著腳架上的相機鏡頭，作長時間曝光。油井的火光時大時小，只能憑經驗和運氣，用五指在鏡頭前搖擺減光，免得過度曝光，並且隨時拿著布巾待命，準備狂風吹起時，阻擋沙塵侵入相機。每張照片得曝光五到八分鐘，卻未必成功，能沖洗出三、五張喜歡的畫面，便感彌足珍

新疆獨山子油礦附近有座「瀝青丘」，像湧泉般流出黑色的油，當地人稱黑油山，維吾爾語即「克拉瑪依」。
克拉瑪依油田位於新疆西北。半夜我們前往油井附近拍攝沙漠，靠燃燒廢氣的火光作長時間曝光，而出現了紅色沙漠的特殊效果。

貴。這些照片曾被誤以為加了濾鏡，實際上是燃燒廢油氣的火光映照出的真實色彩。由於工程隊早已撤出，以後這樣的情景也難再出現。

我曾在新疆塔克拉瑪干沙漠拍攝胡楊樹，在太陽緩緩落入地平面之際，天空逐漸變換情調，從一片漸層的昏黃色，逐漸轉為滿天星點的藍紫色天空，地平線那端還透著餘暉的色彩。片刻之間，滿足了視覺與心境的豐富饗宴。黃昏時候，是拍攝的最佳時機，最符合燈光美、氣氛佳的定義。

夏季的沙漠是酷熱的，焦乾的，土黃色的大地鋪滿觀景窗……。冬天的沙漠，卻是完全不同的感受。我曾經在內蒙古冬天，清晨超過零下四十度，前一天帶來的礦泉水都結冰了。哪怕是太陽高照的白天，一照完相片，相機就得趕緊放進保溫包裡面。有一年，我前往新疆的鄯善沙漠，攝氏零下三十度的清晨，酷冷難耐。一早醒來，眼前竟是一片雪白，純粹的白遮掩了所有雜質，不再有沙漠的皺摺與波紋，留下的只是更純淨的畫面。此刻，眼前的大地就像我的心，所有的雜念都空了，心也靜了下來。直到中午，白雪被乾燥的空氣與沙地吸乾，大地又恢復一片枯黃。

早晨的一場雪，把沙漠原來的面目都遮住了，掩蓋了所有雜質，變得更純淨。到了中午，白雪已被乾燥的空氣和沙地吸收，只剩下較晚曬到太陽的凹谷還有些殘雪。

生命的偉大不在長短，而在活得精彩

金色的秋天，胡楊的葉片在風中翻飛，閃耀一樹的金黃。新疆塔克拉瑪干沙漠的塔里木河畔，或內蒙古的額濟納河畔，一眼望去，金色的樹冠襯著湛藍天際，倒影在幽藍河水。鏡頭中，胡楊對比強烈的色彩，和婀娜多變的姿態，足以讓任何文字都黯然失色。

沙漠中的胡楊，或孤傲聳立，或成群如魔鬼亂舞。儘管沙暴飛揚，狂風怒咆，它也頑強挺立，就連枯死的千年胡楊，也孤立成一幅永恆的風景。「活而千年不死，死而千年不倒，倒而千年不朽」，一語道出了它生命的堅韌。

胡楊林提供動物棲息的環境，
駱駝尤其喜愛吃胡楊的葉片。

胡楊是六千五百萬年前孑遺的活化石，從三百萬年前即生長在乾旱的荒漠。這存在千百萬年的美麗，是付諸努力而來的，為適應乾旱，胡楊努力做了許多改變，像是發展出革質的葉片、有毛的枝條，以及幼樹的葉片如柳，都是為了減少水分蒸發。胡楊不斷追尋著河水變遷的方向。為了繁衍的夢想，一株樹每年產出一點五億粒細小種子，趁著八月時抓緊冰雪水消融的短暫機會，隨著河水高漲漫溢，向未知處探險，以擴張生存領域。若著生在水積滯處，它能忍耐一百天以上的浸泡，一旦河道遷徙便被河水拋棄，將隨之衰敗。但胡楊仍不放棄，努力伸展長十公尺以上的根系，追逐地底僅有的水分，努力地用身軀在燥熱的荒地製造些許陰涼，供旅人與動物休憩。看似已死的枯木，或被沙暴掩埋的胡楊，正等待復活的機會，繼續展枝開葉，展現盎然生機。

綠洲，是沙漠中另一生意盎然之處。在曠野中，人很容易因為孤獨，而照見自己內心；在沙漠中，綠洲也因為孤獨，能照見生命的可貴。敦煌的月牙泉，如一彎新月落在黃沙築成的凹谷中，數千年來提供多少旅人和動物飲水。

不可思議的是，乾旱時月牙泉不枯竭，狂風吹襲也不被黃沙淹沒。恰因地勢關係，風起時，泉水附近的沙是從山下向上竄，風沙不落進泉池中；但沙漠中最大的綠洲羅布泊，它的消失卻是個謎。著名的樓蘭古國，曾因羅布泊而繁盛，最後也因羅布泊的枯竭，而被深埋在塔克拉瑪干沙漠中一千五百多年，被無情的曠野吞噬。綠洲無常地生滅，而沙漠中依靠它的動植物與人類，也因綠洲而生生滅滅。

曾經遍佈羅布泊的胡楊林，已成枯魂。但傳說中的樓蘭古城中，胡楊殘樹仍矗立，而胡楊木作成的木柱、墓碑，至今仍無腐朽痕跡，印證了胡楊木千年不朽的傳說。這讓我體會到，曠野中生命的偉大，不在它壽命的長短，而是每個時刻都努力地活，活得精彩，正因為孤獨，胡楊頑強地證明了生命是什麼。

環境毫不留情地帶走了胡楊的生命，但它依然傲立在荒
漠之中，獨自展現不屈的精神，以及對生命的渴望。
已死的胡楊樹，依舊挺立的枝幹伸向天際，展現了胡楊
樹千年不倒的生命力。

在曠野中苦行，
超越生死苦難的藩籬

為了拍攝俯瞰沙漠的角度，我時常得爬上沙山頂，翻越一山又一山，走向至高點。有時，得通過一行如山嶺的尖稜，兩腳跨騎似的走在刀峰兩側。一番功夫後，才學得新月形沙丘的背風面是虛沙，腳步得落在迎風面的實沙上。爬上大沙山更是辛苦，腳剛踩實，才稍一用力，腳底的沙又下滑，越用力則陷得越深，加上沙子又滲入鞋中磨腳，才走幾步便喘得急躁。越是動氣，沙漠變得越柔軟可恨，只得靜下心來，把自己放鬆，用柔軟的腳勁，馴服柔軟的沙。

平心定氣，不和沙對立了，卻又感到太陽之毒辣，烤得身體火熱，防曬油的黏膩，吸附了細沙鋪滿皮膚，更讓人煩。一陣乾風襲來，貪婪地把嘴唇僅有的水分拭乾，有時候專心於拍攝，一回神才發現嘴唇都黏在一塊了。

羅家倫說過：「痛苦乃是快樂的母親，生命的奇葩都是從痛苦中產生的……」就像爬沙山，氣喘如牛，等到攻頂成功，放眼四顧，當下的愉悅，則非筆墨所能形容的，也印證了基督教的核心教義「十字架上的奧祕，就是人在苦難中獲得重生。」事實上，很多宗教都以人的困境為教本，教導眾人要真實面對各種衝突，使苦難成為生長茁壯的養分，才能站得更高，看得更遠，因為遠處有著人生最大的困境，那就是人人都要面對的死亡。

拍攝胡楊林時，因為要把握黃昏前光線最美的黃金時刻，攝影團經常會工作到太陽下山之後，熱浪隨著夕陽西沉而消褪。有一回，我們在內蒙古，正準備打道回府，竟發現少了兩個團員！在一望無際的胡楊林，要找他們簡直就如大海撈針，恐怕會有更多人迷路，我們只得狂按車子的喇叭，並打開車頭燈。一段時間後，年輕團員不慌不忙地循著聲音找到我們。還有另一位七十歲的李先生呢？此時，天色已經暗到幾乎伸手不見五指，還沒有看到他的蹤影，大家心急如焚。又過了一段時間，謝天謝地，李先生終於出現，大家鼓掌迎接他歸隊，而他則以接近歇斯底里的口吻說：「你們為什麼不來找我？」

沙漠的美總是不斷吸引人的注目，在滿心敬畏中發出讚歎，讓人忘記了它的兇險。另有一個攝影團在秋天時前往新疆旅行，傍晚將要離開魔鬼城時，又有兩人未歸，在重重疊疊的土丘間呼喊、尋覓幾個小時後，大家不得不放棄，只待天明後再尋找，留下他們兩人，在荒野中度過漫漫長夜。第二日早晨，領隊驅車前去尋找，不停地按喇叭，所幸兩人都出現了。回想當時，倘若是冬季，夜裡急速降溫，恐怕難熬到天明。

每在沙漠經驗痛苦，總讓人想起了玄奘、法顯，以及諸多的荒漠探險家。想像他們是超越了什麼艱難才完成壯舉，現代的我們所受的這點苦，相形之下便不算什麼。讀《大唐西域記》，玄奘大師不僅在荒漠中歷經生死的掙扎，甚至，他還必須徒步翻越天山山脈、帕米爾高原、興都庫什山……，就算是現代裝備齊全下，要再走一趟玄奘走過的路線，也是相當艱鉅的任務。玄奘歷經數年的跋涉，為的是取回關於生命意義的經書。我想，他在荒蕪曠野中的漫漫苦行，對於生命的體驗，對於世間的苦難，以及慈悲的感悟，必定更加強烈。

行走沙漠並非筆直穿越，必須繞過大的沙丘，不可直越陡坡。並且選擇走在迎風面和沙脊上，因沙被壓得較密實行走較省力。

美麗影像背後，竟隱藏著殘酷

一張張照片中，傳達著許多生命故事，荒漠中的生命之美，比比皆是：兩列白樺樹中維吾爾老人騎驢走來，是美；夕照中黑城的剪影無語滄桑，是美；胡楊倒影河畔，逆光下羊群的毛海閃亮銀光，是美；大片棉花田潔白如雪，是美；蒙古牧民馳騁草原放牧牛羊，是美……

攝影取鏡通常聚焦在美好的一角，但將片片段段的美麗連結起來，背後卻隱藏著現實的殘酷。塔里木河流域設立了保護區，讓胡楊樹得以努力生長，阻擋塔克拉瑪干沙漠北移；但，在河的另一頭，人們砍伐大片的胡楊林改種經濟作物棉花，這時必須利用塔里木河的水來灌溉，更犧牲了其它河段的胡楊所需的水量。人們一邊保育自然，卻一邊干擾自然平衡、消耗自然，但消失的卻來不及重生。這已是嚴重的人為程序失調，更嚴重的則是為了發展觀光，求得近利的破壞性作法，例如：在新疆五彩灣，那麼脆弱的風化地形，連地質學家勘查時都小心翼翼，但當地卻為了觀光而興建棧道，完全破壞了自然的土丘。沙漠中最驚險刺激的越野車飆沙，以及駕駛吉普車橫越，破壞了沙漠原有的地形，更扼殺了隱匿沙中的動物。再以黃沙凹谷中的月牙泉為例，因地勢關係，風將沙往上吹而不落在泉中，若是附近地形被破壞，綠洲將被黃沙淹沒。而更教人憂心的是，人們對自然的敬畏，似乎越來越淡。

美麗的蒙古草原，因全球暖化和過度放牧牛羊，草場已大量沙漠化，儘管種植一列列美麗的白樺樹以防風固沙，但哪裡追得上沙漠化的速度？駱駝也喪失了幫助牧民生活的功能，而成了觀光事業中的臨時演員。在黃沙中消失的黑城、樓蘭古國，推測都是因為水源枯竭，而成沙海中的孤城殘址。失去了平衡的自然，背後的美是虛幻的；失去了平衡的自然，將會有更多的事物，也變成為歷史。

過度放牧、人為濫墾、超用地下水，以及全球暖化冰川融解，都導致土地不斷沙漠化，而引發沙塵暴。

台灣儘管離沙漠很遠，也難逃沙塵暴的影響，遠從大漠來的沙塵，將我所居住的城市蒙上了一層灰，即使是大太陽的日子，視野也變得一片模糊。不難想像，我曾留下足跡的新疆與蒙古沙漠，沙塵正囂張地鋪天蓋地，沙浪正如蛇一般，迅速流竄；胡楊老樹和地上的草本植物，一點一滴地被黃沙掩埋。

五彩灣為觀光而興建便橋，可惜破壞了景觀之美。

新疆的沙漠每年以一百六十八平方公里的速度向外擴張，不久的將來，塔克拉瑪干沙漠與其西邊的庫魯克羅布沙漠，將會合併為一。

儘管中國從二〇〇四年，開始在西部投入一點五億美金防治沙漠化，但全中國仍有三十二萬平方公里的潛在沙漠化面積在擴展中。另一方面，中國地方政府為了增加農民的收益，以便宜價格將土地出租給原本逐水草而居的牧民圈地放養，牲畜在圈養地啃食草地，更加速沙漠化。聯合國「國際永續資源管理小組」即指出，畜牧業佔用地球百分之三十八的土地，消耗地球大部分的農作物和百分之三十的淨水，並排放全球百分之十九以上的溫室氣體（全球百分之五十一以上的人為溫室氣體），更是造成全球暖化最大的單一來源。

行旅多年，透過鏡頭的方寸視野，攝下許多美好事物，也藉由片片段段的美麗，透視了美麗背後所蘊含的隱憂。讓我省思人與大自然之間，應該建立真正的關係，而非消費、耗損自然。站在黃沙大漠中的我，站在極地冰原中的我，是多麼渺小，願這些片片段段的美麗影像，能回饋給曠野一丁點力量，喚起人們對大自然的一種崇敬的疼惜。

消失的古文明
失去光環的傳統價值

許多風味純樸的沙漠即景，在時間及現代化的洗禮之下，慢慢走入了歷史。若憑著舊日的記憶，或書籍上的記載，想捕捉腦海中的畫面，簡直像是緣木求魚。原本當地居民賴以為生的馬或駱駝，而今都已淪為遊客拍照的工具了。

在過去，牧民逐水草而居，隨著天氣的變化，把烹煮器具、衣物家具等物品，全都捆在駱駝上，並且綁上多層地毯，一邊趕著飼養的牲畜，一邊舉家遷徙，成就了沙漠中一幅難得的活動風景。而今牧民搬家，只消一台汽車就可全部搞定，甚至還雇用摩托車騎士，幫他們趕牲畜呢！

至於提到古文明的消失，更是令人低迴不止。新疆的塔克拉瑪干沙漠，在漢朝就已

經是著名的絲路古道，商賈們在亞洲和歐洲的繁華的城市之間，擔任文化與商品的傳遞者。絲綢、金銀器具或漆器等，都曾在沙漠短暫停留，其間的繁華景象可見一斑。中國的史書記載，塔克拉瑪干沙漠裡曾有過西域三十六國，在大小錯落的綠洲上，建立起繁盛一時的大漠之城，可見當時物產的豐盈與文明的發達。

我曾在蒙古巴丹吉林沙漠，探訪過西夏古都遺址，遙想當時原本華麗堅固的沙漠城堡，如今都被風蝕銷磨殆盡，只剩下平坦脆弱的線條。除了建築物的尖塔以外，其他部分稱之為模糊的土塊亦不為過，讓人陡升無處話淒涼的悲傷情緒。不禁讓人想起同樣被風沙埋葬的樓蘭古城，以及席慕蓉的詩句：

「夕陽西下
樓蘭空自繁華
我的愛人孤獨地離去
遺我以亙古的黑暗
和亙古的甜蜜與悲悽」

沙漠教我的事

人身難得，無常迅速

已故作家三毛曾言：「長久的沙漠生活，只使人學到一個好處，任何一點現實上的享受，都附帶地使心靈得到無限的滿足和昇華。」無意間看到一則報導，說是一隻身價高達台幣兩千萬元，名為「長江二號」的藏獒，牠的飼主竟然安排三十輛黑色賓士轎車，在西安咸陽機場列隊歡迎。又如汶萊的國王，擁有七千輛豪華名車，他所居住的皇宮，擁有一千七百八十八個房間，每次出門均有五百名隨從。另有印度首富安巴尼全家不過五人，卻擁有六百人的家傭團隊，新居二十七層的豪奢大廈，頂樓設有三座直升機停機坪。相較於沙漠的貧瘠，越發顯得這種窮奢極侈的行為，是多麼諷刺的對比！

聖經說：「富人要登天堂，比駱駝穿針還難。」但類似比爾蓋茲、巴菲特等富有而慈善的企業家，應屬例外。孟子曾說：「生於憂患，死於安樂。」多數人只有在憂患中才會覺醒，過得太安逸反而不會想到人生的問題。

沙漠中動靜的對比非常明顯，一株岩縫中的小草，或是千年不壞的胡楊樹，矗立在稜線起伏的沙丘中，自成一幅靜謐的風景，充分展現了生命的韌性。驟然颳起一陣強風，群沙開始翻滾飛揚，變換隊形，原先沙丘完美的稜線剎那間消失無蹤，彷彿被無常的魔爪一把攫奪。沙漠是以行動教導我：人身難得，無常迅速，想做什麼趕快去做，否則一旦失去人身，萬劫不復！

旅行沙漠，雖然肉體要隨時適應極冷和極熱的溫度變化，但景致隨著溫度的變幻莫測，像吸鐵石一般吸住了攝影的鏡頭。心情則處在喜悅與挫折之間擺盪。守候到一個難得的畫面，心中狂喜不已，失去瞬間的美景，也會懊惱半天。莫小看這觀景窗的方寸之間，也能窺見人生境遇的縮影。

我拍沙漠裡色溫的變化、拍沙漠的早晨與黃昏，為了等待這些瞬間即逝的美景，不惜從陽光燦爛等到了紅霞滿天，也未必能夠等到一個珍貴的畫面。可見一分耕耘一分收穫，若無因緣條件的配合，在此時此地是不適用的，但是耐性被磨出來了，也是一項無形的收穫啊！

〈後記〉

行行覓覓，抓住了什麼？

攝影，是為抓住那一方世間之影！

我的第一張被抓住的影像，是在家族照片簿裡，一張襁褓中、零歲的獨照，是現存可見的、我的第一張被攝取的照片。

後來有一張上小學時期，穿著日式制服的照片，背著後背式書包，側身，回眸向鏡頭，很有精神，有一股「人小志氣高」的架勢。在那傳統的、古典氛圍的時代，我，被抓住了一個後現代的pose，不落俗套，自覺小有個人特色。

第一張被我抓住的影像已不記得了，也沒保存下來。記憶中，大學時期，在我預定受洗作基督徒的那一天，突然奉父親之命，趕去台中中興新村，為當選模範母親而接受表揚的祖母拍照。

照片今已下落不明，也許存在族親長輩的家裡。而我，也因此無緣當一個真的「陳弟兄」！（註：大學時代的我，熱衷參與基督教團契活動，被同學戲稱「陳弟兄」。）

老驥伏櫪走出攝影版圖

第一次踏上攝影旅途，是西元一九八九年，到中國西陲的新疆塔克拉瑪干沙漠。大漠黃沙，縱橫天際，在晴空無風之下，沙形曲線萬千、優美婉約的靜臥。這個維吾爾語稱為「鳥也飛不過去」的中國最大沙漠，在西元四到七世紀時，曾讓西出陽關、到天竺取經的苦行僧眾備嘗艱辛，苦不堪言。

之後，年年復行行，我就像老驥伏櫪一般，肩上掛著沉重的攝影器材，行行復覓覓，攝取穹蒼之下的自然景致和文化、生態的風貌。美國的黃石公園、大峽谷；加拿大的楓葉、瀑布；中南美印加文明遺址；南非的動物世界；愛琴海荷馬史詩的眾神國度；歐洲捷、奧文藝復興的古典風華；印度的宗教藝術石窟；柬埔寨吳哥窟；中國敦煌的莫高窟、九寨溝、雲南和桂林；日本北海道的阡陌花田……。

爾後是縱身三極的極地之旅：搭乘破冰船拍攝南極的企鵝、冰山和海鳥；在北極圈白日守候北極熊，夜晚枯等北極光；在中極踏上了世界屋脊的青藏高原祕境。

我不是專業攝影，也沒有要成就專業的壓力。攝影於我是一份興趣，自娛並且分享身邊的親友。之所以獨鍾攝影，在於那份透過鏡頭，取景構圖的美感和悸動。畫家作畫，多半是在呼吸勻

勻的柔軟醞釀中；攝影構圖，卻是當下意和境的交會，有時從容取鏡，有時就搶在那一剎，當按下快門的片刻，一定是凝神閉氣、呼吸止靜的。因此，那份「抓住了」的欣悅之情，可以一路延燒到回家之後，在燈箱上一一細看沖出的正片。

這份狂熱，會是學生時代文藝青年愛美好藝的遺緒？也許是吧！

所以，與其說愛上攝影，毋寧說，愛上構圖！

天涯遊子立下碑記

此外，旅遊帶給我的，除了一般的行遍天下增廣見識之外，更重要的，它是一趟「hard work」，也是一趟重生「rebirth」的生命之旅。為行旅加上了攝影的任務，那更是超承載的重度hardwork。為了追逐光線和氣氛，早起、枯等；為了更突出的構圖角度，攀高、伏地、臥冰；有時渾然不顧那危危顫顫的立足點，心甘情願地難行能行，長途跋涉，忍受嚴酷的氣候和大自然無情的洗禮。

行過三極、五大洲，更真實地體會到：寰宇無疆界。無論是在沙漠、在極地冰原、在汪洋大海之上，四界無邊，唯與天接，人，真真實實就是天地間一芥子。世間民族、文化、國土的邊疆

界域，在千古大自然中，原是渾沌一隅，唯一不二的本然。（人之渺小，何足言「人定勝天」，精神豪放語罷了！）

天涯遊子，東西南北，行得遠、走得長；踏沙也行、冰山也過；身在凶猛惡水上的一艘破冰船中，五臟逐巨浪而翻滾；天地之壯美、之酷厲，人與大自然的角力搏鬥，如是我見，如斯我在。這十多年來辛苦的hard work的攝影成績，精挑細選，先後付印出版了《飛鴻雪泥》、《夢想南極》兩本書冊，分享社會，因書而掀起了媒體效應，而幾度接受專訪刊載於報刊和雜誌，以及受邀校園和公益演講，現場放映影片，有幸將旅行中的感動與省思分享給大眾，期望能回饋世間一丁點的力量。

一份興趣，一份不畏辛苦的堅持，憑藉精神與意志之力，為自己退而不休的生命旅途，一程一程地豎立起里程碑，自我領受，同時也分享出「世界真奇妙」的綺麗風光，豈不「快意人生」！

從童年時被拍攝留下純真的影像；從中年行旅過花甲，拿起相機攝影大千萬象；我這滄海一粟的「老頑童」，仍然對世界懷抱好奇，即使有一天勢必要放下超承載的攝影行囊，換上口袋型的傻瓜相機，也是服膺生命的自然律，又何嘗不可「自歌自舞自開懷」？

卓清順 攝

鏡頭下的人生啟示

臺灣大學國企系名譽教授、
誠致教育基金會董事長　李吉仁

我與維滄兄素昧平生，但三、四年前即因一段特殊的緣分，獲贈維滄兄一幅個人的攝影作品，淡藍冰雪的南極背景中，器宇軒昂的國王企鵝爸爸正對著一身灰白絨毛，充滿稚氣的企鵝寶寶張嘴凝視，狀似諄諄教誨。照片的構圖及色彩雖簡單，但生命的延續及世代傳承的深意，卻躍然紙上，深具微言大義。此外，我對他於以逾耳順之齡仍能深入極境，挑戰個人極限，經營出兼具冒險及藝術色彩的豐富生活，深感震撼。

這次拜讀維滄兄的新作《那些極境教我的事》，書中不僅分享更多他遊歷南北極地、世界屋脊，與炎炎沙漠的精彩作品，更藉著慧眼獨具的鏡頭與精粹的文字，帶給我們嶄新的人生啟示。在敏銳的鏡頭帶領下，本書精心呈現給讀者無垠多變的極地風貌、荒蕪險峻的沙漠，以及在惡劣環境下生活的多樣化物種，引領我們克服肉體的痛楚、昇華心靈的孤獨、進一步反思自我的渺小，從而體悟簡單生活之美、心靈力量之大、以及人與自然共存的深厚哲學。

更令人感佩的是，維滄兄踩著充滿不確定性及冒險性的世界行腳，寫出他五十歲後期才開展的人生內涵，與世界知名的趨勢策略大師大前研一所言，人生應該在五十歲後「重新開機」的人生真義，有著異曲同工之妙。維滄兄以征服極境的自我挑戰，建立生命的新意，進而帶領身為讀者的你我反思生命的意涵，實具王者的領導風範。

以充滿激賞的心情闔上本書，我自問：維滄兄冒著生命的危險親歷極境，以無比的耐心及毅力守候鏡頭，再藉著獨到的審美眼光及純熟的攝影技術，所想要傳達給我們的啟示究竟是什麼？「敬天」、「憫人」、及「惜福」，是我所深切感受、並深受感動的答案！

在極境凝視自己

前新聞局長　蘇正平

陳維滄兄已經出了第三本書，但他還是堅不接受「作家」的稱號。他認為，作家是以寫作為志業，以此為生的人；而他出書，只是為了和更多的人分享他身歷極境時的若干悸動和省思。

雖說如此，其實陳維滄過去的兩本書，《飛鴻雪泥》和《夢想南極》，就已經展現他作為「觀察者」、「記錄者」和「詮釋者」令人驚豔的品質。在新作《那些極境教我的事》一書中，陳維滄作為生命的「實踐者」，則似乎更進一步顯露他自己人生的刻畫。

他四探南北極，五訪印度新疆，六度到西藏，遠征沙漠、草原、高山、荒島，愈老愈往極地走，所跟隨的是一顆永不休止的驛動的心。

在荒絕之地，一個脆弱的人面對的是千古 大自然，而肉體的磨難，則讓你不得不思考死生的大課題。人在這裡，處於絕對的孤獨，也被迫凝視真正的自己。一旦經歷過這樣的情境，那感覺，對追尋生命意義 的人來說，就像一股致命的吸引力，即使再墮紅塵，也會不時遁逃，總是回到尋尋覓覓，探索人生的道路上去。

有企業家的精實幹練，有藝術家的纖細敏銳，有探險家的敢於冒險犯難，有慈善家的悲天憫人情懷，陳維滄的生活充滿個人特色。這樣的生命，這樣的作品，豐美天成，無須特別在意，便自然不落俗套。

引人反思的極境閱讀

極地冒險家　林義傑

我走過南北極的冰原，穿越過撒哈拉沙漠與中國大戈壁，對於惡劣環境的容受度頗高，對於未知的好奇心也頗強。讀到陳維滄先生的大作《那些極境教我的事》，依然令我心生感佩，並且暗地裡替他捏一把冷汗。

這是一本引人反思的、圖文並茂的好書。雖然我與作者的年紀不同，挑戰極境的目標與交通工具也不同，但我相信彼此的感動是不分軒輊的。看到一位七十多歲的老先生，履險如夷地跋涉在白山黑水之間，讓我不由自主的想到自己，我能在七十歲的時候，有著那樣的心境，那樣的笑容，那樣的輕鬆自在嗎？心中暗忖：要能放下事業，放下家人，放下擁有的一切，真不知要有多麼寬廣的心胸啊！

有人把年輕的一代比喻成溫室的花朵，對這本書或許感受不深，但是四、五十歲，歷經過人生關卡、生死磨難的中年人，感觸就會很深刻了。他們可以跟隨著作者的腳步，以欣賞的角度走一遍極地，領略一段極為清淨又暗藏玄機的人生切片。

在全世界都步入老年化的此時此刻，陳維滄先生的極境之旅，很溫和的道出了：何謂退而不休，繼續發光發熱！如此一位充滿熱忱與疼惜地球的人士，正是我衷心所景仰的，也是我即將舉辦的「擁抱絲路」活動，所要竭力爭取的對象，我希望能經由彼此共同的理念，透過長途的探索體驗，表達出對地球與家園的關懷！

我們這位養尊處優的董事長，起先沒有搞清楚狀況：「搭飛機要坐商務艙，住宿要單人房。」我正色提醒他：「這趟旅行吃不好、住不好，恐怕住宿條件簡陋沒得挑，路全靠自己走，你得要考慮清楚。」他沒有被嚇退，仍意志堅決的參團。儘管後來歷經高山症的折磨，卻不曾聽他訴苦，也不輕言放棄。甚至，他還再去挑戰西藏五千一百九十公尺的那根拉山，這是我覺得他很特別的地方。

資深民俗及旅遊攝影家　黃丁盛

維滄兄的視野，就像一幅小全張的風景郵票，小全張中，虛線框格出的小郵票，就像他用鏡頭獵攝的焦點，除了關心被攝物，他同時也關懷焦點之外的整個風景。和他同團旅遊攝影共六趟，他不像一般攝影者，只追逐鏡頭下的美景，而是更在意鏡頭之外的意義，並且關懷世界。我因他寫的《夢想南極》一書啟發，加上他多次鼓吹我：「人的一輩子一定要去南北極看看」，我因而也多次造訪，迷戀上了極地。

前環保署長
都市更新研究發展基金會
董事長　張隆盛

離繁華越遠，離自己越近。陳董在挑戰自然中反思生命，玩的好帥！

前公共電視總經理　馮賢賢

就一個醫生的眼光，陳兄屢屢不顧生死、走向極境的「行徑」，實在令我頻頻為他捏把冷汗。但他每次帶回給我的，卻是一個個教我羨慕不已且充實我生命的歷險傳奇。

前國泰醫院院長　黃清水

自然之極境，妙不可言；攝影之極境，樂不可支。陳維滄先生的極境攝影，極盡妙樂之能事。

公共電視董事長
華視董事長　胡元輝

這些極境，讓陳維滄深刻體會到生與死。沙漠的貧瘠讓他感受到生命的奢侈；沙漠的善變讓他體會無常就是一種常態。什麼叫做老？什麼是退休？什麼是世界的盡頭？什麼又叫永無止盡？作者用他自己的方式，活出不一樣的答案。

前全球中央雜誌
總編輯　張淑伶

在中國的文字裏，「極」指的是撐住房屋最高的那一根柱子。因為有「極」，人才有居住、活動、伸展的空間。而「極境」是大自然給人類心靈最高的支柱，它的高度無法衡量，廣度無法描述。作者用筆和鏡頭，讓我們感受生命在大自然中無限伸展的自由，以及肉體碰撞自然的脆弱。

台灣大學管理學院會計學系系主任
劉順仁

維滄兄是領我進入極地的啟蒙老師
他總能用精彩的鏡頭和動人的文字和我們分享
他對人生、對信仰、對自然的看法，
這不是一本普通的旅遊書。

前台北101董事長　宋文琪

我感覺書裡處處是宗教徒朝聖的氛圍，如果沒有宗教徒一生必朝幾次聖的決心，珠穆朗瑪峰前的高山症危機何能度過？極境的純淨，教會人們放下身邊層層的假面，面對原始的自己；極境的不可知，教會人們感恩眼前仍能感受的世界。

香海文化執行長　妙蘊法師

我覺得最精彩的一張照片是在後記中，作者小學時的照片。從時空的連結來看，作者所要傳達的不僅是旅遊的足跡、大自然的影像，而更是一場生命的故事，作者在旅行中體驗生命。

英國設計專家
路威先生（Mr. Gideon Lowey）

Richard（維滄）是我認識的第一個台灣攝影師，西元二〇〇三年在南極相識，印象很深的是：他自謙自己不是攝影家，只是攝影愛好者，我見他拍照也多是 one shoot，不講求包圍曝光，也不諱言自己對相機的功能發揮甚少。他不拘泥攝影的框架，以及他對攝影的執著與努力，讓我看見，他的作品在追求「美」之外，更重要的是傳達背後的善與真。

英國攝影家與作家　Steve Bloom

從小生活在埔里　中學就會搞叛逆
參加扶輪來學習　出書暢銷不容易
六十開始走出去　困苦修行在極地
眼上天堂心神怡　體下地獄困又疲
世界屋脊稱中極　火葬畫面震眼皮
三極至少訪其一　人生才算有意義

台北市南德扶輪社創社社長　CK林肇寬

陳維滄的履歷表

1937　出生於南投縣埔里鎮，屬牛，獅子座，血型：B。
1940　啟蒙教育始於日本東京幼稚園。
1950　埔里初中畢業。校長：林有川。恩師：商大榮。
1957　台中一中畢業。校長：宋新民。
1961　東海大學畢業。校長：吳德耀。受教於牟宗三，徐復觀，劉述先。
參與東海工作營，勞作優良畢業生。畢業紀念冊的攝影、美編兼總編輯。
1962　在聯勤總部服役一年，以少尉參謀職稱退役。
1963　騰勝貿易公司當推銷員，董事長洪騰勝，號稱「職棒教父」。
1964　擔任兄弟棒球隊內野手。投手：洪騰勝。捕手：張義朗。
1965　《事務器械》雜誌發行人，部長徐慶鐘。
1967　創立亞典公司。
1974　應大東紡織邀請，籌組綜合性大貿易公司——慶宜公司，擔任首任總經理。
董事長：張英夫。
1976　台北東區扶輪社國際主委，兼社刊主編。
採用王安電腦，為台灣率先電腦化的公司。
1977　和哈佛企管洪良浩教授，合資在美國成立Kingstone國際公司。
1978　籌組慶宜合唱團參加中華電視台舉辦「我愛中華」愛國歌曲歌唱比賽，獲得總冠軍。
1981　創立谷威貿易有限公司。
1982　成立財團法人耕雲禪學基金會，擔任董事長。啟蒙導師 耕雲先生。
1983　創辦《中華禪學》雜誌，擔任發行人。1986年谷威晉入台灣十大禮品業之先進模範機構，管理雜誌公佈全台中小企業排名谷威排名第126名。
1987　高處不勝寒，見好就收，正式離開職場。
1990　和北京萬福聯誼會及北京三聯書店合作，捐助並推展文化活動。
1991　應聘為中國合唱協會理事。
谷威和北京制本二廠合資成立北京谷威禮品公司。合夥人：杜永順。
1992　籌組安祥合唱團和北京合唱團結為姐妹團體。
應中國佛教會會長趙樸初之邀請，陪同耕雲先生率訪問團和北京大學、人民大學、社會科學院及中國佛教研究所，舉行座談及文化交流。
1994　率76人之安祥合唱團，參加北京第三屆國際合唱節。
1995　受淨慧法師感召，在河北省萬全縣興建第一所希望小學—谷威小學。
美國禮品收藏品雜誌推舉谷威外銷給TBC的小熊系列，全美國銷售第一。
2000　在香港成立川流文教基金會（10年來已捐助20多所希望小學與2所中學）。
秘書長：陳平玫。美國TBC創辦人Gary Lowenthal情義相挺，捐175萬美元。
2001　陳明達發行，郝明義主編的2001雜誌，封面故事以出口貿易的小巨人，介紹谷威公司。
2002　出版《飛鴻雪泥》攝影筆記書並義賣，為聖家獻修女會籌募基金。
捐贈臺灣東海大學海內外華文雜誌創刊號共3780冊，供學術研究。
2002　應聘為荒野保護協會顧問，會長李偉文。
2003　獨家贊助台灣公共電視台，製播「和平風暴」SARS專題報導60分鐘記錄片。二度追隨天主教神父，前往廣東及雲南等偏遠地區慰問痲瘋病人。
2004　連續三年，贊助台大柯承恩教授主持的明理基金會，徵選全省模範青年。
出版《夢想南極》，被國家圖書館選為「100大值得一看的好書之一」。
於深圳成立奇奇禮品公司，從外貿轉戰大陸市場，是禮品業的開路先鋒。
2005　贊助台灣公共電視拍製「讓生命發光～NPO公益短片」，拍製「星星的祕密」影片。
2006　贊助中央通訊社「曾虛白攝影新聞獎」，鼓勵媒體服務人員之努力與貢獻。
2007　國家兩廳院發起「藝術零距離」的圓夢計畫，讓偏鄉學校的學生或弱勢族群有機會進入兩廳院欣賞節目。川流7多年來持續贊助這個活動。

2008 河北省萬全縣10所中學以「愛&勵志」為主題舉辦「希望杯」徵文比賽。參賽學生11117名學生，並出版一本獲獎作文選集。2009第二次徵文，以夢想為主題。

2009 2月5日，國際巨星李連杰由新加坡來台參加聖嚴法師告別式。當晚，邀我在他下榻的飯店商討合作事宜。選定泰迪熊，穿上「壹」字的背心，為壹基金會當宣傳品。

2010 時報文化出版《那些極境教我的事》，屢次登上暢銷排行榜，共5刷，並引起媒體的注目。我接受媒體、公益單位與幾所大學共55場採訪或是演講，同時也婉謝60幾場的邀約。

2011 獲選為《講義》雜誌年度最佳旅遊作家。
參加藝術總監黃碧端主持的「藝術零距離-圓夢計畫」。

2012 中國最大的書城在深圳「中心書城」舉辦新書發表，座無虛席，聽眾熱情迴響。第二天接受「中央電台」的訪問。

2013 「台灣環境資訊協會」發行《縱橫極地》攝影集。同時贈書給「公共電視台」供募款。

2014 國立政治大學「2014年圖書館年報」，舉辦「夢想與閱讀」的講座，是當年4場重要活動之一。舉辦徵文比賽，入選佳作高達146位。

2015 1月26日，受東海大學勞務處黃聖桂教授之邀，對160位學弟學妹工讀生，以「一個舞台、一個希望」為題，在語文館演講，分享挑戰不一樣的生命。

2016 應聯合大學華文系主任何照清教授邀約，在5月11日做了2場演講。
上午對華文系學生講題《也無風雨也無晴》，下午在大禮堂對全校通識課程講題《挑戰不一樣的生命》。

2017 時報文化出版《看見真實的北極》，有17位學者、作家、媒體人熱情推薦。

2018 初訪孟加拉。二訪秘魯、玻利維亞。改變行事風格，不再婉謝各方邀請。

2019 接受台北愛樂99.7電台高郡宜訪問、年代東風衛視主持人邱沁宜「單身行不行？」專訪。蘋果日報楊語芸在〈蘋中人〉專欄刊登「極地壯遊不怕老—陳維滄」。

2020 和我同甘共苦的賢內助，陳林恭女求仁得仁，白天在睡夢中安祥往生。尊重她生前遺願不發訃聞不辦家祭，她的骨灰灑在二女家的花園大樹下、遺產2/3從事公益。
寫一封信給衛福部陳時中部長表達捐助美國加州政府1百萬個口罩的心願，被婉謝。

2021 支持聯合國難民署DAFI獎學金計畫。
東海大學66周年校慶，舉辦「珍藏最愛第一聲華文雜誌創刊號（1949-1987）」特展。

2022 悉數贊助臺中國家歌劇院提出2022 藝企公益合作提案所需經費30萬。
《旅行中看見真善美》參家第40屆台北國際書展，被列為621位參展人氣作家之一。

2023 捐助國家兩廳院「離島深化教育專案」、天主教靈醫會、單國璽弱勢關懷基金會、台東基督教醫院等50多個公益團體。
秀威出版《他們眼中的陳維滄》。

那些極境教我的事 / 陳維滄作 . -- 二版 . -- 臺北市 : 時報文化出版企業股份有限公司 , 2024.02
面；　　公分 . -- (Origin ; 35)
ISBN 978-626-374-878-1 (平裝)

863.55　　113000393

ISBN 978-626-374-878-1
Printed in Taiwan

Origin 35
那些極境教我的事【增訂版】

作者 陳維滄 ｜ **攝影** 陳維滄 ｜ **校對** 陳琬真 ｜ **協力編輯** 謝翠鈺 ｜ **企劃** 陳玟利 ｜ **封面設計** 林采薇、楊佩琪 ｜ **美術編輯** SHRTING WU ｜**董事長** 趙政岷 ｜ **出版者** 時報文化出版企業股份有限公司 108019 台北市和平西路三段 240 號 7 樓 **發行專線**—(02)2306-6842 **讀者服務專線**—0800-231-705 · (02)2304-7103 **讀者服務傳真**—(02)2304-6858 **郵撥**—19344724 時報文化出版公司 **信箱**—10899 台北華江橋郵局第九九信箱 **時報悅讀網**—http://www.readingtimes.com.tw ｜ **法律顧問** 理律法律事務所 陳長文律師、李念祖律師 ｜ **印刷** 和楹印刷有限公司 ｜ **二版一刷** 2024 年 2 月 2 日｜**定價** 新台幣 500 元｜ 缺頁或破損的書，請寄回更換

時報文化出版公司成立於 1975 年，並於 1999 年股票上櫃公開發行，
於 2008 年脫離中時集團非屬旺中，以「尊重智慧與創意的文化事業」為信念。